Rhadopis
a cortesã

NAGIB MAHFUZ

Rhadopis
a cortesã

Tradução de
IBRAHIM GEORGES KHALIL

EDITORA RECORD
RIO DE JANEIRO • SÃO PAULO
2007

CIP-Brasil. Catalogaçao-na-fonte
Sindicato Nacional dos Editores de Livros, RJ.

Mahfuz, Nagib, 1911-2006
M181r   Rhadopis, a cortesã / Nagib Mahfuz; tradução de Ibrahim
Georges Khalil. – Rio de Janeiro: Record, 2007.

    Tradução de: Radubis
    ISBN 978-85-01-05887-4

    1. Romance egípcio. I. Khalil, Ibrahim Georges. II. Título.

                    CDD – 892.73
06-3544   CDU – 821.411.21'06(620)-3

Título original em árabe:
RADUBIS

Copyright © Nagib Mahfuz, 1943

Publicado mediante acordo com American University in Cairo Press

Todos os direitos reservados. Proibida a reprodução, armazenamento
ou transmissão de partes deste livro, através de quaisquer meios, sem
prévia autorização por escrito. Proibida a venda desta edição em Portugal
e resto da Europa.

Direitos exclusivos de publicação em língua portuguesa para o Brasil
adquiridos pela
EDITORA RECORD LTDA.
Rua Argentina 171 – Rio de Janeiro, RJ – 20921-380 – Tel.: 2585-2000
que se reserva a propriedade literária desta tradução

Impresso no Brasil

ISBN 978-85-01-05887-4

PEDIDOS PELO REEMBOLSO POSTAL
Caixa Postal 23.052
Rio de Janeiro, RJ – 20922-970

EDITORA AFILIADA

A FESTA DO NILO

Despontavam no horizonte oriental os primeiros sinais daquele dia do mês de Bichnis, enredado nas dobras do tempo há quatro mil anos. Enquanto isso, o grande sacerdote do templo do deus Seti contemplava o firmamento com olhos debilitados pelo cansaço da longa noite que passara, e, ao notar a presença de Sírio, a estrela do bom augúrio, que luzia no espaço celeste, seu rosto resplandeceu de júbilo e seu coração bateu fortemente de alegria. Como prova de agradecimento e reverência, ajoelhou-se no chão do templo para proclamar em voz alta que a imagem que avistara no horizonte era a do deus Seti, anunciando a boa nova das cheias do adorado Nilo. Sua bela voz fez despertar os adormecidos, que saíram de suas casas, alegres para ver a estrela adorada e compartilhar do canto do sacerdote ao deus Seti, que se propagava no silêncio da noite por todos os arrabaldes do templo. Depois partiram rumo às margens do Nilo para assistir à chegada da primeira onda, trazendo riqueza e prosperidade.

A boa nova se espalhou de norte a sul, mobilizando os habitantes de Tebas, Mênfis, Harmunat, Sut e Khumuno, que deixaram suas cidades e se dirigiram para a capital, Abu, levando consigo pertences leves e pesados, para comemorar a festa do sagrado Nilo. As rodas cobriam os vales, e as embarcações agitavam as águas...

Abu era a capital do Egito. Seus altos prédios se erguiam sobre rochas de pederneira, interligadas por dunas de areia. O Nilo cobria seus vales com capas de lama mágica para fertilizar seu solo. Ali cresciam acácias, amoreiras, palmeiras grandes e pequenas; hortaliças, legumes e alfafas reverdejavam seu solo. Havia muitos vinhedos, prados extensos, jardins, arroios e rebanhos. De sua brisa emanava o perfume das flores, e pelos céus voavam pombos e pássaros de várias espécies, como os rouxinóis com seus belos cantos.

Em poucos dias, a cidade de Abu e suas duas ilhas, Bija e Bilaq, tornaram-se pequenas para acomodar tantos visitantes. As casas se encheram de hóspedes, bem como as praças de acampamento, e as vias ficaram congestionadas de transeuntes que iam e vinham. Jogadores, músicos, cantadores e bailarinos espalharam-se por todos os lugares; mercados fervilharam de vendedores e expositores; fachadas de casas foram ornamentadas com bandeiras e ramos de oliveira.

As patrulhas de guarda da ilha de Bilaq com seus uniformes coloridos e suas espadas compridas chamavam a atenção de todos. Os mais devotos corriam para os templos do deus Seti e do Nilo, para cumprirem suas promessas e oferecerem sacrifícios. Seus cantos se misturavam à algazarra dos bêbados... Enfim, o tranqüilo ambiente de Abu transformou-se em praça de canto, dança, entretenimento e intensa alegria.

O esperado dia chegou finalmente, e todos tinham o mesmo objetivo: atravessar o longo caminho que começava no palácio dos faraós e terminava na colina, onde se erguia o templo do Nilo. O ar se aquecia com seus alentos, e a terra se resignava ao peso de suas cargas. Um grande número de pessoas preferiu usar as embarcações, para dar voltas ao redor da colina, cantar os hinos do Nilo ao som da flauta e dançar ao ritmo dos atabaques.

Nos dois flancos do extenso caminho, soldados enfileirados empunhavam suas lanças. Foram colocadas, a distância considerável uma da outra, estátuas de tamanho natural dos reis da Sexta Dinastia, pais e avós do Faraó. Os reis faraós dessa dinastia eram Asrakara, Teti I, Pepi I, Muhtamsauf I e Pepi II.

O ambiente era de um alvoroço generalizado, e o ruído contínuo dos milhares de vozes que se perdiam pelos ares era como as ondas em um oceano agitado. Mas, de vez em quando, elevavam-se vozes tão agudas que sobrepujavam o ruído e chegavam aos ouvidos. Alguns gritavam: "Adoremos ao deus Seti, que anuncia a prosperidade", e outros: "Adoremos ao Nilo, o deus sagrado que traz a vida e a fertilidade para nossa terra".

E dentre uns e outros se elevavam vozes que enalteciam o vinho de Maryut e os licores da região de Abu, evocando a alegria e o esquecimento.

Um grupo de pessoas conversava entre si, e uma delas levantou os supercílios e disse, assombrada:

— Quantos faraós viram multidões como esta de hoje! Quantos viveram grandes dias como este!... No entanto, todos se foram como se nunca tivessem existido!

Um outro replicou:

— Sim, eles se foram para governar um mundo melhor do que este. Nós todos também iremos um dia. Olhe para este lugar onde trabalho... Muita gente das gerações futuras trabalhará nele, para renovar as esperanças e as alegrias que enchem nossos corações agora! Acaso lembrar-se-ão de nós como o fazemos agora?

— Somos muitos para sermos lembrados por alguém. Oxalá não existisse a morte!

— Será que o vale acolheu todas essas gerações que se foram? A morte é tão natural como a vida. E que valor tem a doença se nós nos saciamos depois da fome, envelhecemos depois da juventude e entristecemos depois da alegria?

— Então como eles vivem no mundo de Osíris?

— Espere que logo saberá.

Um outro interveio com entusiasmo:

— Deus me deu a honra de ver o Faraó pela primeira vez.

Seu companheiro lhe disse:

— Eu já o vi no dia da grande coroação, há alguns meses, neste mesmo lugar.

— Olhe as estátuas de seus magníficos avós!

— É... realmente ele parece muito com seu avô Muhtamsauf I.

— Como é bonito!

— Sim... sim. O Faraó é um jovem formoso. Ninguém se compara a ele em estatura e beleza.

Outro companheiro perguntou:

— Como será o governo dele? Será que teremos alegrias... templos... ou conquistas de norte a sul?

— Se eu não estiver enganado, será a segunda hipótese.

— Por quê?

— Porque ele é um jovem muito impetuoso.

Um outro balançou a cabeça com precaução e comentou:

— Dizem que sua juventude é indômita e que sua grandeza possui inclinações para a violência. É namorador, gosta de farrear e viver de luxo; e ainda defende seus caprichos como um furacão.

Outro, que estava ouvindo a conversa, riu e sussurrou:

— E o que há de estranho nisso? Muitos egípcios são namoradores, gostam de farrear e viver de luxo. Por que o Faraó tem que ser diferente?

— Quieto, quieto! Você não sabe de nada! Por acaso você soube que ele desafiou os sacerdotes no dia em que subiu ao trono? É que ele queria gastar o dinheiro na construção de palácios e jardins, mas os sacerdotes não aceitaram, alegando que todo aquele dinheiro era destinado aos deuses e aos templos. Os antepassados do rei já haviam outorgado aos sacerdotes muita influência e patrocínio. No entanto, o jovem Faraó de hoje olha tudo isso com cobiça.

— É lamentável que o rei comece seu governo com enfrentamentos como este.

— Sim, mas não se esqueça de que Khanum Hotep, ministro-chefe e grande sacerdote, é um homem de vontade de ferro e de temperamento difícil.

Assustado com essas notícias que lhe chegaram aos ouvidos pela primeira vez, o homem tentou amenizar:

— Então roguemos a todos os deuses para que concedam aos homens sabedoria, paciência e bom juízo.

Os outros exclamaram com profunda sinceridade:

— Amém... Amém.

Um dos que estavam ali parados olhou na direção do Nilo e cutucou o companheiro, dizendo:

— Amigo, veja ali no rio! De quem será aquela maravilhosa embarcação que está vindo da ilha de Bija? Parece o sol despontando no horizonte oriental!

Ele e o seu amigo ficaram contemplando aquela estupenda embarcação, que não era nem grande nem pequena, tão verde que parecia uma ilha coberta por uma densa vegetação, flutuando na água. Sua câmara ficava no alto, mas não se podia ver quem estava dentro dela. No alto do mastro tremulava uma grande vela. Seus remos estavam em movimento constante, produzido por centenas de braços. Então o homem exclamou, assombrado:

— Deve pertencer a um desses homens ricos da ilha de Bija.

Um homem que estava ouvindo a conversa deles fez um sinal de negação com a cabeça e disse:

— Aposto que vocês são estrangeiros.

Ambos riram, mas um confessou:

— Tem razão, senhor, somos de Tebas, e duas dos milhares de pessoas que vieram de todas as partes do país, para esta gloriosa festa na capital Abu. Por acaso esta impressionante embarcação é de algum potentado de vocês?

O homem deu um sorriso enigmático e fez sinal com o dedo, prevenindo-os:

— Alegrem-se, bons homens, porque esta embarcação não é de nenhum potentado nosso, mas de uma mulher. Sim, de uma mulher rica e formosa, conhecida por todos os habitantes de Abu e suas ilhas, Bija e Bilaq.

— E quem é essa bela mulher?

— Rhadopis, a fascinante Rhadopis, a rainha das almas e de todos os desejos.

O homem apontou para a ilha de Bija e continuou falando:

— Ela vive ali em seu magnífico palácio branco, e ele é alvo dos enamorados e admiradores que competem para conseguir o seu amor e a sua clemência. Tomara que vocês tenham a sorte de estar com ela, e que deus os proteja da perdição.

Por fim, os olhares de todos que estavam ali se voltaram para a embarcação com grande interesse, e enquanto esta se aproximava vagarosamente da ribeira, os barcos abriam-lhe espaço. A cada braça que avançava, ia se escondendo por trás da colina onde ficava o templo do Nilo. Quando atracou, só deu para ver o mastro e a vela, tremulando como se fosse a bandeira do amor, agitando os corações e as almas.

Pouco tempo depois, na ribeira, quatro núbios apareceram para abrir espaço naquelas águas revoltas. Logo atrás, iam outros quatro, levando sobre os ombros um bonito e luxuoso palanquim, que só príncipes e nobres possuem. Nele estava uma jovem formosa que apoiava delicadamente o braço e as costas em uma almofada. Em sua mão direita segurava um leque de plumas de avestruz. Possuía um olhar sonhador que se conduzia com orgulho ao mais longínquo dos horizontes, desprezando o mundo todo.

Uma pequena cavalgada que estava sendo observada por todos caminhou lentamente até chegar à primeira fila dos espectadores, e ali a mulher inclinou suavemente seu pescoço de gazela, espargindo de sua boca rosada algumas palavras de ordem pessoal. Nesse momento, os escravos ficaram parados feito estátuas de bronze. Depois a mulher voltou a se acomodar em seu palanquim e mergulhou em seus sonhos, esperando o séqüito faraônico ao qual ela tinha vindo assistir.

Só dava para vê-la da cintura para cima. Os mais afanosos se deleitaram só em ver seu cabelo negríssimo, arrumado em sua cabeça pequenina com fios de seda brilhante, caídos sobre os ombros em auréola, como se fossem uma coroa divina, da qual surgia um rosto resplandecente e redondo, entrecobrindo a luz irradiada pela face como rosas frescas. Sua pequena boca entreaberta era como a flor de jasmim ao sol, cercada de cravos. Seus olhos eram grandes, negros, límpidos, sonhadores. Em seu olhar havia um brilho que o amor reconhecia como seu dono. Nunca se viu um rosto igual, no qual a beleza tivesse feito sua morada.

Todos se sentiam seduzidos por sua beleza, até mesmo os anciãos. Lançavam-lhe olhares ardentes, e se estes tivessem topado com alguma coisa sólida pelo caminho, eles a teriam derretido. As mulheres olhavam para ela com inveja. O murmúrio começava a se espalhar por entre aqueles que a rodeavam, e os comentários passavam de boca em boca:

— Que mulher fascinante!

— Rhadopis. Eles a chamam de senhora da ilha.

— É uma beleza tão sedutora que nenhum coração poderia resistir-lhe.

— É um desespero para quem a olha.

— Tem razão. Toda vez que eu olhava para ela, meu íntimo entrava em conflito. Eu me sentia agredido por uma rebeldia satânica, vencido pela amargura do desengano e entregue à humilhação eterna.

— Isso é muito triste... Para mim, ela é a imagem da felicidade, digna de adoração.

— Somos muito fracos para suportar essa beleza arrebatadora.

— Que os deuses tenham piedade dos apaixonados!

— Você sabia que todos os seus amantes são da elite do reino?

— Verdade?

— Sim, porque seu amor se tornou uma obrigação para a elite do reino; é como um dever nacional.

— O ilustre arquiteto Hana foi o construtor de seu palácio branco, e o governador da ilha de Bija mandou decorá-lo com as luxuosas mobílias de Tebas e Mênfis.

— Bom... muito bom!

— Suas estátuas foram esculpidas pelo exímio Hanfar, que também talhou suas paredes, e o comandante Tahu, chefe da guarda faraônica, presenteou-lhe as obras de arte.

— E quem é o felizardo de todos esses homens que disputam o seu amor?

— Pergunte por ele nesta cidade da discórdia.

— Não acredito que essa mulher possa se apaixonar por alguém.

— Ninguém sabe... talvez se apaixone por um escravo ou até por um animal.

— Não, não acredito nisso. Na verdade, sua beleza é uma força arrebatadora. Agora, o que essa força tem a ver com a necessidade de amar?

— Observe seu olhar soberbo e agressivo... Ela ainda não sabe o que é amar.

Uma mulher, que ouvia a conversa, replicou com desdém:

— Ela não passa de uma simples dançarina, que cresceu num ambiente de corrupção, entregando-se, desde a infância, à depravação e à libertinagem. Com isso, criou essa imagem de falsa sedutora.

Um dos admiradores ficou incomodado com estas palavras e contestou com veemência:

— Tenha dó, minha senhora! Não sabe que a sua esplêndida beleza foi uma dádiva dos deuses? Além disso, o deus Tot inspirou-lhe a luz da sabedoria e do conhecimento.

— Bravo! Bravo! E que sabedoria é essa, se ela passa a vida seduzindo os homens?

— O que se sabe por aí é que ela recebe toda noite em seu palácio um distinto grupo de políticos, sábios e artistas. Por isso, não se pode estranhar que ela tenha se tornado uma profunda conhecedora da sabedoria, da política e da arte.

E no meio daquela gente, alguém perguntou:

— Quantos anos ela tem?

— Dizem que tem trinta anos.

— Não, não. Acho que nem chegou aos 25.

— Isso não faz diferença. O mais importante é sua beleza encantadora, que jurou não murchar nunca.

Aquele que perguntou por sua idade insistiu:

— De onde ela é?

— Só os deuses sabem. É como se ela estivesse desde sempre em seu palácio branco da ilha de Bija.

* * *

De repente, uma mulher apareceu por entre aquelas filas. Tinha um dorso arqueado e se apoiava em um cajado grosso; seu cabelo era branco e despenteado; seus dentes eram grandes e amarelados; tinha um nariz aquilino e um olhar penetrante; seus olhos emitiam uma luz aterradora por debaixo daquelas sobrancelhas grossas; vestia uma túnica comprida e larga, amarrada por um cinturão de linho. Alguns gritaram quando a viram:

— É Dam, a bruxa!

Ela seguiu andando com suas pernas finas, sem dar importância àquela gritaria, dizendo que desvelava o oculto, e lia o futuro. Usava seus poderes sobrenaturais em troca de uma moeda de prata. Alguns dos que a cercavam demonstravam medo, outros caçoavam dela. Finalmente a bruxa encontrou uns jovens, e quis abordá-los para ler seu futuro. Sonolento e mal conseguindo ficar em pé por causa da bebedeira, o rapaz deu-lhe uma moeda de prata e ficou esperando o pronunciamento da bruxa. Então ela perguntou com voz áspera:

— Quantos anos você tem, meu jovem?

Sem saber o que estava dizendo, ele respondeu:

— Doze copos.

Todos soltaram gargalhadas. Irritada, a mulher jogou a moeda de volta para ele e seguiu seu interminável caminho. Mais adiante, outro jovem também tentou mexer com ela, perguntando:

— E o que acontecerá comigo, mulher?

Ela olhou fixamente para ele e disse, com raiva:

— Sorria, pois sua mulher vai traí-lo pela terceira vez.

A resposta provocou risos em todos os presentes, e estes acabaram aplaudindo a velha mulher. Quanto ao jovem, sentiu-se envergonhado, como se uma flecha tivesse trespassado seu peito.

A bruxa foi caminhando até que parou em frente ao palanquim da bela Rhadopis. Impressionada com tanto luxo, aproximou-se dela para tirar proveito de sua generosidade e, com um sorriso forçado, lhe disse:

— Ó senhora, protegida por todos os sentidos! Poderia ler a sua sorte?

A bela pareceu não escutar a velha, que então gritou:

— Minha senhora!

Rhadopis levou um susto, olhou rapidamente para ela e ignorou sua presença por completo. Mas a velha insistiu:

— Acredite em mim! Você hoje é a pessoa que mais precisa de minha ajuda!

A inusitada cena só acabou quando um escravo afastou a velha bruxa do palanquim. O incidente, apesar de sua insignificância, desviou a atenção de muitos espectadores. Naquele momento, ouviu-se um forte som estridente: eram os soldados que tinham se alinhado nos dois flancos da via para soar as trombetas, dando um sopro longo e contínuo. O povo, então, finalmente entendeu que o cortejo faraônico dava início à sua marcha, e que logo depois o faraó sairia do palácio em direção ao templo do Nilo. Com isso, todos esqueceram do incidente e partiram, aguçando os sentidos e esticando o pescoço para observar todo o percurso.

Passado algum tempo, a vanguarda do exército começava a se movimentar em filas ordenadas, marchando ao som do hino militar; e a guarnição da ilha de Bilaq ia na frente com armamentos diversos, seguindo sua bandeira com a imagem de um falcão. Os soldados recebiam aplausos por todas as partes.

Pouco depois, o batalhão de infantaria passou com seus escudos e lanças. Sua música, bem como sua bandeira adornada com a imagem do deus Hórus, era impressionante. As lanças tinham uma forma geométrica perfeita e traçavam no ar linhas paralelas verticais e horizontais. Logo em seguida um grande batalhão de atiradores, precedido de sua bandeira estampada com o cetro do trono, apresentou-se, portando arcos e flechas.

Ao longe, ouviu-se um barulho aterrador, produzido pelo ruído de rodas e relincho de cavalos. Era o batalhão de carros que se aproximava para se apresentar em grupos de dez. Eles passavam em linhas retas, tão perfeitas que pareciam traçadas a régua. Cada carro era puxado por dois cavalos e levava dois guerreiros: um condutor, provido de uma espada e uma lança; e um atirador, portando arco em uma das mãos e aljava na outra. Essa apresentação trouxe à memória dos espectadores a conquista da Núbia e Tur-Sina. Imaginaram os soldados difundindo-se pelas planícies e vales, como falcões domesticados, enquanto o inimigo se dispersava diante deles, aterrorizado. O entusiasmo fazia o sangue ferver em suas veias e seus gritos ecoavam pelo céu.

Finalmente, o colossal cortejo do Faraó apareceu, seguido por uma caravana de carros, alinhados em filas de cinco cada, nos quais iam os príncipes, os ministros, os grandes sacerdotes, os trinta juízes, os comandantes do exército e os governadores das províncias. O séqüito terminou com uma fila da guarda faraônica, encabeçada pelo comandante Tahu.

O Faraó pôs-se de pé em sua carruagem, altivo e com uma expressão tão magnânima que parecia uma estátua de granito. Olhava fixamente para um horizonte longínquo, sem se importar com a multidão que estava ali, aclamando-o do fundo do coração.

Usava a dupla coroa do Egito e, em uma das mãos, levava o látego real e, na outra, o cetro curvo. Sobre sua indumentária portava uma estola de pele de tigre, em homenagem àquela consagrada festa.

Os corações se enchiam de felicidade e entusiasmo, e as aclamações se elevavam, tanto que chegaram a espantar os pássaros. A alegria contagiou a própria Rhadopis, que abriu um sorriso iluminado e começou a aplaudir junto com o povo.

No meio daquela euforia ouviu-se uma aclamação esfuziante: "Viva Sua Excelência Khanum Hotep!" Dezenas de pessoas repetiram esta saudação aos gritos, causando um mal-estar e desencadeando um grande tumulto entre os presentes. Muitos correram a vista pela multidão, procurando o atrevido e as pessoas que o apoiaram nessa estranha afronta ao jovem Faraó.

No entanto, parece que tudo passou despercebido, pois nenhum membro do séqüito real demonstrou qualquer tipo de constrangimento em relação ao incidente. Depois o cortejo seguiu seu caminho até a colina do templo. Lá, dois príncipes que portavam duas almofadas de plumas de avestruz, cobertas com um tecido dourado, aproximaram-se da carruagem para colocá-las diante do Faraó. Este desceu sobre elas ao som da corneta. Os soldados fizeram a saudação militar, e a guarda entoou o hino do adorado Nilo. Depois o rei subiu majestosamente os degraus da colina, seguido pelos homens mais destacados do reino, os príncipes, os ministros e os governadores. À porta do grande templo, os sacerdotes esperavam, prosternados. Quando o mensageiro-mor, Sufakhotep, anunciou a chegada do rei, o sumo sacerdote, que estava em pé, ajoelhou-se e, tapando os olhos com a mão, disse em voz baixa:

— O servidor do templo do adorado Nilo manifesta fidelidade e servidão a seu senhor, filho de Rá, dono dos povos e dos dois orientes.

O Faraó estendeu o cetro ao sacerdote e este o beijou com profunda emoção. Os outros sacerdotes puseram-se de pé e se alinharam em duas filas, abrindo passagem para que o rei e seu cortejo continuassem o caminho até o altar dos sacrifícios, cercado de altas colunas por todos os lados. Enquanto davam voltas em seu redor, os sacerdotes queimavam incenso. O aroma se espalhava por todo o templo, e os devotos o respiravam com adoração. Alguns mensageiros trouxeram um touro e o colocaram no altar para o sacrifício. Naquele momento, o Faraó fez o tradicional pronunciamento com estas palavras:

> *Estou aqui para te louvar, ó magnífico deus,*
> *depois de ter purificado minha alma!*
> *Estou aqui oferecendo este sacrifício,*
> *para me aproximar de ti!*
> *Concede a prosperidade a este vale sagrado,*
> *e também ao povo que te ama!*

Com as mãos levantadas e olhando para o alto, os sacerdotes repetiram a rogativa juntos, numa só voz, reverenciando a fé e a devoção. Os presentes fizeram o mesmo, inclusive toda aquela gente que estava do lado de fora.

Depois o rei se dirigiu para o pátio das colunas de três fontes paralelas, acompanhado pelos sacerdotes e os homens do reino. Ali formaram duas filas, e entre elas ficou o rei e o servidor de deus, para novamente recitarem o hino do adorado Nilo. As vozes ecoavam trêmulas e entrecortadas pela palpitação dos corações, naquele lugar escuro e aterrador.

O sumo sacerdote subiu a escada do vestíbulo e abriu a porta sagrada. Retirou-se para o lado e, ajoelhado, começou a rezar. Depois o rei o seguiu. Entrou no aposento sagrado, onde se erguia a estátua do Nilo sobre a nau divina, e fechou a porta. O local era amplo e tinha um teto alto e muito escuro. Ao redor da cortina que cobria a estátua da divindade havia pequenas mesas de ouro sobre as quais eram colocadas as velas acesas. A suntuosidade do recinto invadia o coração do grande rei, debilitando-lhe os sentidos. Ele descerrou a cortina sagrada e se inclinou para tocar a estátua, fazendo sua mão deslizar sobre ela. Em seguida, prosternou-se sobre o joelho direito, beijou o pé da estátua e mergulhou numa longa oração, esquecendo-se de sua glória e de sua grandeza mundana.

Quando terminou a oração, beijou novamente o pé sagrado, fechou a cortina e foi andando para trás, sem desviar os olhos de seu deus, até que fechou a grande porta.

Seus homens o receberam com votos de felicidade. Caminharam até o átrio do sacrifício e subiram para o mirante da colina, que dava para o Nilo. Quando o rei apareceu no alto com seu séqüito, as pessoas que estavam nas embarcações agitaram suas bandeiras e seus ramos de oliveira.

Em seguida, o sumo sacerdote foi chamado para fazer o discurso tradicional. Estendeu uma folha grande de papiro e leu em voz alta:

> *Bendito sejas, ó Nilo, que cobres o vale de água, para anunciar a vida e o bem-estar. Vives nas trevas por muitos meses, e, quando ouves as súplicas de teus adoradores, teu grande coração se enche de misericórdia, e sais das trevas para a luz, fluindo majestosamente no ventre do vale, para dar vida à terra, onde o verde nasce com alegria e o deserto se reveste de um tapete de brocado; os jardins florescem, e as plantações se enriquecem; os pássaros cantam, e os corações se abrem para a alegria; o desnudo se veste, o faminto come, e o sedento bebe; o solteiro se casa, e a terra do Egito se cobre de glória e felicidade. Bendito sejas! Bendito sejas!*

Os sacerdotes do templo entoaram o hino do Nilo ao ritmo de instrumentos de sopro e de percussão, com as mais belas e emocionantes melodias.

Quando os cantos se diluíram nos céus, o príncipe Nay presenteou o Faraó com uma folha de papiro selada, contendo a rogativa do adorado Nilo. O rei pegou a folha, levou à testa e jogou-a no rio. As agitadas e ruidosas ondas a levaram para o norte.

O Faraó desceu as escadas da colina e se dirigiu para sua carruagem. O séqüito regressou do mesmo jeito que veio, cercado de grandeza e aclamado pelo coração de milhares de súditos fiéis, movidos pelo entusiasmo e inebriados pela emoção.

AS SANDÁLIAS

O cortejo real voltou para o palácio, e o Faraó continuou com seu aspecto sério e majestoso até que chegou aos seus aposentos para ficar a sós. De repente, a cólera se manifestou violentamente em seu rosto formoso, tocando até o coração das criadas que o estavam despindo. Suas veias jugulares incharam, e seus músculos retesaram. Ficou tão tenso e irritado que parecia querer castigar duramente quem o estivesse molestando. Gritos alucinantes retumbavam em seus ouvidos, contrapunham-se aos seus desejos e o faziam sentir-se ameaçado.

Restava-lhe apenas uma hora até se encontrar com os homens nobres de seu reino, que tinham vindo dos lugares mais distantes do país para participar da festa do Nilo; mas como não pôde conter os ímpetos, foi direto ao pavilhão da rainha e irrompeu violentamente seus aposentos. A rainha Nitócris estava sentada entre suas criadas, seus olhos límpidos denotavam paz e tranqüilidade. Quando as criadas perceberam o desespero do rei, ficaram assustadas, inclinaram-se para ele e a rainha e saíram imediatamente, deixando o recinto, desconcertadas. A rainha permaneceu sentada, olhando serenamente para ele por alguns instantes; depois levantou-se, com elegância ficou na ponta dos pés para beijar-lhe o ombro e disse:

— Meu senhor está aborrecido de novo?

Ele precisava urgentemente conversar com alguém para extravasar o fogo que lhe fazia ferver o sangue. Pareceu satisfeito com a pergunta; mesmo assim respondeu com raiva:

— Você percebeu, Nitócris?

A rainha, que o conhecia muito bem, sabia perfeitamente que a primeira coisa a fazer era tentar diminuir o furor que dele se apoderara. Então, abriu um sorriso e disse-lhe com serenidade:

— A compaixão é uma virtude própria dos reis.

Ele encolheu seus ombros largos e replicou com certo desprezo:

— Você fala de compaixão comigo, rainha? Para mim ela é uma máscara sob a qual se escondem os fracos.

Ela contestou, lamentando:

— Por que meu senhor se esquiva das boas virtudes?

— Acaso sou um Faraó de verdade? Acaso desfruto da minha juventude e do meu poder? O que um rei pode fazer quando não consegue seu intento? Como um rei pode ver as terras de seu reino quando um escravo o aborda e diz: nenhuma dessas terras será sua?

A rainha pegou seu braço e tentou atraí-lo para o divã, mas ele se desvencilhou dela e ficou andando pela sala, de um lado para o outro, indignado. Entristecida, ela disse:

— Você não pode pensar dessa maneira. Lembre-se de que os sacerdotes sempre lhe foram fiéis e de que as terras dos templos foram doações que nossos antepassados lhes deixaram. Portanto, é natural que os sacerdotes fiquem intranqüilos quando vêem que meu senhor pretende recuperá-las a todo o custo.

O jovem rei replicou com mais ímpeto:

— Quero construir palácios e mausoléus, desfrutar de uma vida sublime e feliz, sem a interferência de ninguém. No entanto, metade das terras está nas mãos desses sacerdotes, e isso me incomoda muito, pois não consigo levar a cabo nenhum dos meus projetos. É justo que eu sofra pela realização dos meus sonhos como os pobres? Maldita seja essa filosofia! Sabe o que aconteceu hoje? Quando o cortejo estava passando, um grupo de pessoas gritou o nome de Khanum Hotep. Sabe o que isso significa? Significa que estão desafiando abertamente o Faraó!

O espanto se apoderou da rainha e seu rosto aprazível ficou ensombrecido. Balbuciou algumas palavras inaudíveis. O rei, por sua vez, prosseguiu com seu irônico e amargo tom:

— Está sentindo alguma coisa, rainha?

Na verdade, ela estava incomodada e desgostosa com toda aquela situação; no entanto, não queria deixar transparecer nenhum tipo de constrangimento. Conteve seus ímpetos e disse com calma:

— Vamos deixar esse assunto para outra ocasião, pois falta-lhe pouco tempo para receber os homens nobres de seu reino. Não se esqueça de que eles virão encabeçados pelo próprio Khanum Hotep, portanto deve recebê-los com todas as honras dignas de um rei.

O Faraó lançou um olhar desconfiado e respondeu em tom incisivo:

— Sei o que quero e o que deve ser feito!

Chegado o momento, o rei recepcionou os homens nobres do reino no magnífico salão de cerimônias. Ouviu o discurso dos sacerdotes e as reivindicações dos governadores de província. Muitos deles perceberam que o Faraó estava insatisfeito. Quando os membros se dispersaram pelo salão, o rei ficou a sós com o chefe dos ministros, conversando por muito tempo, despertando, com isso, a curiosidade de todos, mas ninguém se atreveu a perguntar nada. Por fim, o ministro saiu dali, e muitos tentaram ler em seu rosto para ver se descobriam algo, mas as tentativas foram em vão, porque o ministro estava com o rosto sereno e impassível como uma pedra.

Mais tarde, o Faraó ordenou que seus conselheiros íntimos, Sufakhotep, o conselheiro-mor, e Tahu, o chefe da guarda, fossem antes dele para o local da tertúlia, às margens do lago do jardim. Depois seguiu pelas sendas verdejantes. Estava alegre, e seu rosto emanava satisfação; nem parecia aquele homem que horas antes fora tomado pela cólera, clamando por vingança. Foi caminhando descontraidamente, deleitando-se com o perfume das flores, arbustos e frutas que lhe inspiravam paz e ânimo. Em seguida, tomou o caminho que dava para o lago. Lá, os dois conselheiros esperavam por ele: Sufakhotep, magro, alto e de cabelos brancos; e Tahu, com seus músculos de aço, desenvolvidos em treinamento de cavalos e carros de guerra.

Os dois conselheiros estavam curiosos em saber o que o Faraó tinha em mente acerca do impasse com os sacerdotes. Tentavam ler e entender os pensamentos em seu rosto e assegurar que boa política poderiam aconselhá-lo a seguir junto aos sacerdotes. Tiveram conhecimento daquelas desagradáveis aclamações, consideradas por todos como uma afronta à autoridade do Faraó. Temiam a reação violenta do jovem rei, especialmente depois da conversa entre ele e o ministro, no final da reunião. Isso tudo lhes fazia tremer o coração. Sufakhotep temia as conseqüências do acesso de raiva do jovem rei, porque sempre lhe pedira calma, paciência e moderação para resolver a questão das terras. Tahu, por sua vez, queria que essa raiva o induzisse a partilhar de seu ponto de vista, dando ordens para desapossar os templos de seus bens e lançando um ultimato aos sacerdotes.

E os dois homens leais continuaram contemplando seu senhor, apreensivos, contidos numa dolorosa inquietação. O Faraó, por sua vez, acabou ocultando seus sentimentos; ficou estático, olhando para eles com ar de esfinge. O rei sabia muito bem o que tinham em mente. Resolveu testá-los. Sentou com calma no estrado e ordenou que fizessem o mesmo. De repente, voltou a ficar sério e pensativo, depois disse:

— Tenho motivos de sobra para estar aborrecido, hoje.

Sufakhotep e Tahu entenderam o que ele quis dizer, pois aquela estúpida aclamação ressoou outra vez em seus ouvidos. Mostrando-se penalizado, Sufakhotep, por fim, levantou a mão e disse com voz entrecortada:

— Meu senhor tem que estar acima da dor e da cólera.

Em tom enfático, Tahu disse:

— Não é possível que meu senhor fique se atormentando, quando existe no reino armamento suficiente e homens que não hesitam em dar suas próprias vidas por ele. Os sacerdotes, apesar de toda sabedoria e experiência, se esquivam do caminho da razão, trabalham em prol de seus caprichos e se expõem à perdição.

O rei baixou a cabeça e, olhando para os pés, retrucou:

— Eu me pergunto se, durante o reino dos meus pais ou dos meus antepassados, algum deles fora obrigado a governar dessa maneira, confrontando-se aos gritos como eu agora. Além disso, tenho apenas alguns meses de governo.

Tahu arregalou os olhos e replicou com firmeza:

— Meu senhor há de usar a força, nada mais que a força. Seus antepassados eram fortes, realizavam suas vontades com firmeza e determinação e faziam da espada o destino. Portanto, seja como eles, senhor! Não hesite, nem se entregue à tolerância, ataque com força e sem piedade; faça com que os poderosos se curvem a sua mercê, debilitando-lhes as esperanças por completo!

Essas palavras não agradaram ao velho Sufakhotep, que se assustou com o entusiasmo de Tahu, temendo as conseqüências. Então, ponderou:

— Meu senhor, sabemos que os sacerdotes estão infiltrados por todas as partes do reino como o sangue no corpo. Alguns são governadores, juízes, escribas e até reis. Seu poder sobre nós é abençoado pelos deuses desde a Antigüidade. Não possuímos força de guerra além da guarda faraônica e da guarnição de Bilaq. Portanto, o golpe de misericórdia poderá nos trazer graves conseqüências.

Tahu, que não pensava em outra coisa senão a força, replicou:

— E o que devemos fazer, sábio conselheiro? Ficaremos esperando até que nossos inimigos irrompam contra nós e nos reduzam a nada?

— Os sacerdotes não são inimigos do Faraó! E que os

deuses nos livrem se o Faraó tiver inimigos entre seu povo! Os sacerdotes são uma comunidade fiel e segura. Não podemos tirar-lhes o privilégio que sempre tiveram. Juro que nunca perdi a esperança de um dia encontrar uma solução para resolver os problemas e realizar os sonhos de meu senhor, conservando os direitos dos sacerdotes.

O rei ouvia atentamente a conversa dos dois conselheiros, esboçando em sua grande boca um sorriso misterioso, quando Sufakhotep acabou de falar, olhou para os conselheiros e disse com ironia:

— Fiquem tranqüilos, homens fiéis! A sorte já está lançada!

Surpresos, os dois homens lançaram para o rei olhares de esperança e temor. Tahu parecia satisfeito e esperançoso; quanto a Sufakhotep, seu rosto mudou de cor; mordeu os lábios e esperou em silêncio a decisão. Em seguida, o rei disse em tom que revelava orgulho e satisfação:

— Vocês sabem que após a reunião tive uma longa conversa a sós com o ministro Khanum Hotep e, quando todo mundo saiu, eu lhe disse que aquela aclamação em seu nome, à minha presença, fora um ato desprezível e traiçoeiro. Disse-lhe ainda que meu povo era nobre e fiel, e o que não faltava era gente para gritar o meu nome. Naquele momento, vi o quanto ele estava inquieto e pálido, com sua cabeça inclinada sobre o peito. Parecia envergonhado e, por várias vezes, abriu a boca para dizer alguma coisa, mas não conseguiu. Talvez quisesse pedir desculpas, com sua fria e mansa voz.

Por um instante, o rei parou, franziu a testa e prosseguiu:

— Aliás, eu que não permiti que se desculpasse, pois toda

vez que tentava falar o interrompia, fazendo sinal com o dedo em riste e proferindo palavras muito severas. Mostrei a ele que aquela aclamação me fez mudar de idéia. Depois falei que meu propósito será anexar as terras dos templos às da coroa e que, a partir de hoje, os templos ficarão somente com as terras e os bens necessários.

Os dois homens ouviam o relato do rei com muita atenção. Enquanto Sufakhotep estava pálido e mergulhado no amargor da decepção, Tahu estava alegre e satisfeito, como se estivesse escutando uma bela canção que o alçasse para a glória. E o rei terminou com estas palavras:

— Minha decisão, sem dúvida, deixou Khanum Hotep desnorteado. Ele chegou a me implorar, dizendo que as terras dos templos pertencem aos deuses, e que os bens são revertidos geralmente em ajuda aos pobres, e que o gasto maior era com o ensino e a educação moral. Queria continuar falando, mas o interrompi fazendo sinal com a mão para que se calasse. Por fim, eu disse-lhe que essa era a minha vontade e que tinha que ser posta em prática o quanto antes. E assim, dei por encerrada nossa conversa.

Tahu, que não pôde conter a alegria, gritou:

— Que todos os deuses abençoem o meu senhor!

O Faraó sorriu jubiloso. Olhou para o rosto decepcionado de Sufakhotep e disse-lhe carinhosamente:

— Você é um homem leal e um ótimo conselheiro, Sufakhotep, portanto, não fique triste se alguém opina contrariamente ao que você pensa.

Sufakhotep respondeu-lhe:

— Meu senhor, eu não sou desses homens ingênuos que

se intimidam quando são contrariados. Não tenho medo das conseqüências, porque sempre agi com dignidade. Agora, existem aqueles que torcem para que um mal que eles vaticinaram aconteça e, quando acontece, querem que a gente reconheça seus méritos. Que os deuses me livrem da vaidade! O que me motiva a dar conselhos é unicamente a lealdade e o que me entristece — quando a opinião é contrária — é o receio pela veracidade da minha intuição. Peço aos deuses que me desmintam para tranqüilizar o meu coração.

O Faraó, então, quis tranqüilizá-lo:

— Eu já consegui o que queria, e eles não podem fazer nada comigo, pois o Egito venera o Faraó e não admite substituí-lo.

Os dois homens acataram fielmente as palavras de seu senhor, mas Sufakhotep ainda estava intranqüilo. Sua preocupação era que os sacerdotes receberiam a desagradável notícia quando estivessem reunidos em Abu. Ali teriam a oportunidade de discutir o assunto para divulgar suas queixas por todo o Egito e depois voltariam para suas províncias indignados com a decisão do jovem rei. Sufakhotep, que conhecia bem os sacerdotes e sua influência sobre as mentes e os corações, não quis emitir nenhuma opinião face ao contentamento e à satisfação do Faraó, pois não queria minar sua felicidade. Fingiu tranqüilidade o tempo todo, mesclando de vez em quando alguns sorrisos de satisfação em seus lábios.

Depois o Faraó exclamou com alegria:

— Desde a época de meu pai, quando venci as tribos de Messayo, que eu não vivia esta sensação de triunfo. Portanto, vamos fazer um brinde a este triunfo feliz.

As escravas levaram um jarro de vinho de Maryut e serviram ao rei e a seus dois homens de confiança em copos de ouro. Os três começaram a bebericar com tanta alegria que ficaram inebriados. E Sufakhotep acabou diluindo todas as preocupações que lhe atormentavam o coração, concentrando seus sentidos na essência do vinho de Maryut e partilhando da alegria do rei e do comandante Tahu. Depois ficaram contidos no silêncio, trocando olhares de lealdade, enquanto os oblíquos raios solares se banhavam no lago, cercado de árvores cujas folhas balançavam ao som do canto dos pássaros. As flores brotavam por entre as folhas como os sentimentos de felicidade que saem das entranhas da alma... Depois se entregaram ao sono por um bom tempo, e só acordaram depois de um estranho acontecimento que os arrebatou de seu sono: foi um objeto que caiu no peito do Faraó, e de pronto ele pôs-se de pé. Nesse momento, o objeto caiu no chão. Era uma sandália dourada. Assustados, olharam para cima e viram uma águia enorme sobrevoando o jardim e emitindo um grasnido espantoso. Ela lançava olhares inflamados de cólera. Algum tempo depois, bateu asas violentamente e foi embora. Os três tornaram a olhar a sandália. O rei a pegou e começou a examiná-la com bastante curiosidade, enquanto Sufakhotep e Tahu, perplexos, trocavam olhares de desconfiança e pavor.

Em seguida, o Faraó observou:

— Esta é, sem dúvida, uma sandália de mulher. É preciosa e muito bonita!

Tahu, que observava deslumbrado a sandália, perguntou:

— Teria a águia roubado esta sandália, senhor?

Sorrindo, o rei brincou:

— No meu jardim não há árvores que deixam cair uma fruta como esta.

Sufakhotep interveio:

— Senhor, dizem que as águias se apaixonam pelas beldades, raptam a virgem de que gostam e voam para o alto da montanha. Talvez esta águia tenha vindo a Mênfis por amor para comprar a sandália para sua amada; mas, por um infortúnio, a sandália soltou-se de suas garras e caiu aos pés de meu senhor.

O rei, que a contemplava, sorridente porém desconfiado, perguntou:

— Mas como pode tê-la roubado? Temo que tenha sido de alguma moradora do céu.

Sufakhotep interveio outra vez:

— Ou de alguma moradora da terra, senhor, que pode tê-la deixado com sua roupa à beira de algum lago e foi tomar banho. E a águia, então, acabou trazendo-a até aqui.

— E veio direto jogá-la em mim. Isso é muito estranho! É como se a águia conhecesse a minha queda pelas mulheres formosas.

Sufakhotep sorriu com entusiasmo e exclamou:

— São os desígnios dos deuses, senhor!

A partir daquele momento, os sonhos começaram a despontar nos olhos do Faraó. Seu rosto se enterneceu e suas faces se contraíram. Não tirava os olhos da sandália. Perguntava-se: quem será sua dona? Como será ela? Será que é tão bonita como a sandália? Será que ela sabe que a sandália caiu no peito do rei, e o destino quis que fosse o próprio Faraó?

Quando seus olhos se fixaram na imagem gravada no fundo da sandália, ele exclamou, apontando para ela:

— Que beleza de imagem! É um cavaleiro oferecendo seu coração na palma da mão!

Esta expressão deixou os dois conselheiros bastante impressionados e curiosos. Sufakhotep, então, perguntou:

— Meu senhor permite que eu veja a sandália um momento?

O conselheiro-mor a pegou e, depois de examiná-la com atenção, devolveu-a ao rei, dizendo:

— Eu sabia, eu sabia! Esta sandália é de Rhadopis, a conhecida beldade de Bija.

— Rhadopis?! Que nome bonito! Será ela sua dona?!

A inquietação se apoderou de Tahu, que revelou:

— Ela é uma dançarina, senhor, conhecida por todo o povo do sul.

O Faraó sorriu e disse:

— E por acaso nós não somos do sul? É verdade que a visão dos reis pode alcançar o mais longínquo dos horizontes, e às vezes não conseguem ver o que está ao seu redor.

A inquietação de Tahu aumentou e seu rosto até mudou de cor.

— Senhor, ela é uma mulher que franqueou a entrada dos homens de Abu, Bija e Bilaq.

Sufakhotep compreendia a angústia de seu amigo. Com um falso e malicioso sorriso, ponderou:

— De qualquer maneira, é uma figura feminina que os deuses elegeram como modelo por suas faculdades...

O Faraó olhou para um e para o outro e disse, sorrindo:

— Juro pelo deus Sótis que vocês a conhecem mais do que todo o povo do sul.

Sufakhotep respondeu com tranqüilidade:

— Senhor, a grande sala de recepção que ela tem é ponto de encontro de pensadores, artistas e políticos.

— Realmente, a beleza é um universo fascinante que nos mostra a cada dia que passa um novo milagre. Então, ela deve ser a mulher mais bela que você conheceu, não é?

Sufakhotep respondeu sem titubear:

— Ela é a própria beleza, senhor, é uma sedução que arrebata corações, é um desejo incontrolável. O filósofo Huf, um de seus amigos, teve razão quando uma vez disse: "O mais perigoso na vida de um homem é bater os olhos em Rhadopis."

Tahu suspirou nervoso com estas palavras e lançou um olhar desesperador para o conselheiro-mor. Este entendeu a inquietação do companheiro e tentou consertar o que dissera a respeito de Rhadopis:

— Senhor, Rhadopis possui uma beleza demoníaca, barata, porque nunca diz não a ninguém.

O Faraó soltou uma gargalhada e disse:

— Suas palavras me confundem, meu grande conselheiro.

— Que os céus do Egito lhe outorguem toda a felicidade que o meu senhor merece.

E o rei voltou a pensar na história da águia, a história que o envolveu num fino tecido de paixões e sonhos, deixando-o fascinado. Perguntou, como se estivesse falando consigo mesmo:

— A águia errou ou acertou, escolhendo-nos como alvo?

Olhando furtivamente para o seu senhor, que já estava extasiado com tudo que lhe acontecera, Tahu expôs suas dúvidas:

— É pura casualidade, senhor, e o que mais me incomoda neste exato momento é ver esta sandália impura nas mãos adoradas de meu senhor.

Em observação às palavras de Tahu, Sufakhotep contestou o companheiro com ironia e satisfação:

— Casualidade? Senhor, Tahu está ferindo a verdade dos fatos, levantando dúvidas e suscitando a falta de bom senso. Tudo se volta ao acaso, porque ele é que dá origem à felicidade, na maioria das vezes, e a grande parte das catástrofes. Alguns acontecimentos lógicos ficam por conta dos deuses e, quando acontecem neste mundo, são obras da vontade de um deles. Não acredito que os deuses provoquem os acontecimentos — pequenos ou grandes —, só para jogar ou se divertir.

Mais uma vez, Tahu mostrou uma grande irritação, mas se esforçou ao máximo para conter sua cólera, que quase o fez perder as estribeiras diante do rei; e alfinetou Sufakhotep:

— Meu caro Sufakhotep, acaso quer iludir o nosso senhor com essas fantasias, neste momento de felicidade?

Sufakhotep respondeu com calma:

— A vida se divide em seriedade e diversão, assim como o dia, que se divide em luz e escuridão. O homem sábio é aquele que não pensa na diversão em momentos de seriedade, nem mistura a distração com trabalhos sérios. Ninguém sabe se os deuses querem que nosso senhor ame a beleza, muito menos se foram eles que mandaram essa estranha águia jogar a sandália aos pés de nosso senhor.

O rei virou para os dois e disse:

— Como bem os conheço, vocês sempre divergiram. Já era esperado que Tahu falasse de amor e que o ancião Sufakhotep o repreendesse. De qualquer maneira, não há impedimento em aceitar a opinião de Sufakhotep quando fala de amor nem a de Tahu quando fala de política.

O rei se levantou, e os dois o seguiram. Correu a vista pelo grande jardim, que se despedia do pôr-do-sol no longínquo horizonte. Enquanto caminhava, o Faraó disse:

— Temos uma longa noite de trabalho pela frente. Até amanhã. Ver-nos-emos mais tarde.

E os dois homens se inclinaram para o Faraó que seguiu levando a sandália na mão.

Quando ficaram a sós, puseram-se de frente um para o outro: Tahu, alto, ombros largos e músculos de aço; e Sufakhotep com seus olhos límpidos e fundos e um largo e bonito sorriso.

Os dois escondiam o que sentiam um pelo outro. Enquanto Sufakhotep sorria, Tahu franzia as sobrancelhas, tentando externar sua angústia. Por fim, não conseguiu proferir nada além destas palavras de despedida:

— Sinto-me traído, amigo Sufakhotep, por você ter jogado sujo comigo.

Sufakhotep franziu a testa e contestou em sinal de negação:

— O mau juízo que faz de mim não traduz a verdade, comandante! O que eu tenho a ver com o amor? Você não vê que eu estou velho e acabado, e que meu neto, Sanab, é um estudante da escola superior de Awn?

— Como é fácil empregar palavras de falsidade, amigo! Por acaso seu coração nunca se inclinou para Rhadopis? Por acaso não sente remorso pelo que fez?

O velho Sufakhotep levantou a mão para o comandante em sinal de protesto:

— Sua imaginação não tem que sentir inveja dos músculos de seu braço direito, porque uma coisa não tem nada a ver com a outra. A verdade é que se meu coração se inclinou alguma vez para Rhadopis, foi pela via dos sábios, isenta de cobiça.

— Você não tinha que impressionar o nosso senhor, falando da beleza de Rhadopis, em consideração a mim.

Estas palavras deixaram Sufakhotep pasmo. Em seguida, retrucou, lamentando profundamente:

— Ao que parece, você está levando essa questão muito a sério, ou então não tolera mais minhas brincadeiras.

Tahu contestou:

— Nem uma coisa nem outra. Eu só lamento que tenhamos muitas divergências, pois nunca chegamos a um acordo.

O conselheiro-mor sorriu e disse com sua costumeira tranqüilidade:

— Na realidade, o que existe entre nós é um elo muito forte, que é a fidelidade ao trono.

O PALÁCIO DE BIJA

Assim que os homens nobres do reino tomaram o caminho de volta para suas províncias, deu-se início à retirada das estátuas dos reis da Sexta Dinastia. Com isso, o povo ocupou os dois lados do caminho, criando ondas que se chocavam umas com as outras, misturando-se com seus alentos; parecia o mar que se abriu para Moisés, para depois fechar sobre seus inimigos.

Naquele momento, Rhadopis ordenou que seus escravos voltassem para a embarcação. O êxtase que invadira seu coração quando o Faraó chegou para inaugurar a festa do Nilo continuava consumindo-se em suas entranhas e fazia propagar o sangue ardente por suas extremidades, pois a imagem da tenra juventude do Faraó, bem como a bela estatura, o olhar altivo e a protuberante musculatura não lhe saíam da cabeça.

Rhadopis já o tinha visto alguns meses atrás, no dia da grande coroação. O jovem rei estava de pé no seu carro, como hoje, com sua elevada estatura e notória beleza, contemplando o longínquo horizonte. Naquele momento, ela queria que o Faraó desviasse seu olhar para ela. Por quê? Porque esperava que sua beleza despertasse nele o merecido agrado? Ou porque desejava conhecê-lo como um homem, depois de tê-lo visto como um deus adorado? Qual seria a melhor maneira de entender esse desejo? Fosse o que fosse, a verdade é que ela o desejou sincera e ardentemente.

A formosa mulher estava completamente absorta em seus sonhos, não prestava atenção ao seu pequeno séqüito que atravessava com muito esforço aquele caminho abarrotado de gente alvoroçada nem se importava com as milhares de pessoas que a devoravam com os olhos. Pouco tempo depois, foi levada em seu palanquim para o assento na embarcação. Ali se acomodou quase inconsciente em seu pequeno trono, ouvindo sem entender e olhando sem ver. A embarcação zarpou sulcando a superfície do Nilo até que atracou junto às escadarias do jardim de seu palácio branco, a formosura da ilha de Bija. Dava para ver ao longe o palácio com seu frondoso jardim, cujas escadas terminavam no Nilo. Era cercado por sicômoros e palmeiras, como se fosse uma flor branca que crescia no meio daquele frondoso jardim. Desceu da embarcação e subiu as escadas de mármore polido, ladeado por muretas de granito, onde se erguiam obeliscos com poemas gravados de Ramon Hotep, até que chegou à terra do multicolorido jardim.

Atravessou uma porta de pedra calcárea, cuja fachada continha seu nome gravado em linguagem sagrada. No centro havia uma estátua sua de tamanho natural, esculpida por Hanfar, que passou os dias mais felizes de sua vida talhando-a, enquanto Rhadopis ficava sentada no seu belo trono, recebendo seus amigos. Esmerou-se demasiadamente para fazer evidenciar a beleza de seu rosto, bem como as belas curvas de seus seios e a elegância de seus pés. Rhadopis chegou à vereda central, flanqueada por árvores, cujos ramos se entrelaçavam no alto, formando um teto arqueado de flores e folhas verdes. O solo estava coberto de plantas rasteiras, parecia um tapete. Havia dois caminhos paralelos muito semelhantes. O da direita seguia para o muro sul do jardim, e o da esquerda para o muro norte. Este terminava na densa videira que cobria as colunas de mármore. De um lado, estendia-se um bosque de sicômoros, do outro, um bosque de palmeiras, onde foram erguidos pequenos abrigos para macacos e gazelas. Havia também estátuas e obeliscos por todos os lugares.

Seus pés a levaram até a grande alberca de água corrente, rodeada de plantas de lótus, e em sua superfície nadavam cisnes e gansos; os rouxinóis cantavam, e o perfume das flores se espalhava pelos ares.

Deu meia-volta pela alberca e chegou à sala de verão, onde foi recebida com reverências por um grupo de criadas. Estas ficaram paradas, esperando suas ordens. A bela, então, sentou no seu divã, à sombra, para descansar. Pouco depois, levantou-se e disse-lhes:

— O calor e o alento das pessoas me sufocaram por demais. Tirem minha roupa, pois preciso me banhar na água fresca da alberca.

Imediatamente, uma das criadas aproximou-se de sua senhora e tirou-lhe delicadamente o véu bordado em ouro, fabricado em Mênfis. Em seguida, outras duas criadas acercaram-se dela e tiraram-lhe o manto de seda, deixando-a com uma túnica transparente, que lhe cobria os seios e chegava aos joelhos. Logo depois, as outras duas despiram-na suavemente da sensualíssima túnica. Com isso, o ambiente ficou deslumbrado com seu corpo completamente nu, criado pelos deuses com muita arte e com todo o poder.

Finalmente, outra criada soltou-lhe o negro e longo cabelo, que deslizou pelo seu corpo, chegando até os tornozelos; depois agachou e tirou-lhe as sandálias douradas, para colocá-las à beira da alberca.

Rhadopis caminhou vagarosa e majestosamente para a alberca, descendo os degraus de mármore. Aos poucos a água foi cobrindo-lhe os pés, os joelhos, as coxas e depois todo o corpo, para se deleitar de seu perfume, e, em troca, devolver-lhe a paz e o frescor. Por fim, a bela acabou resgatando seu bom humor, divertindo-se bastante e praticando o nado livre, de costas e de peito.

Nadava tranqüila e descontraidamente, até que ouviu o grito das criadas. Parou de nadar e, quando olhou para elas, viu uma águia enorme sobrevoando rasante a alberca. Assustada, deu um grito e mergulhou, prendendo a respiração até não agüentar mais. Subiu e ficou apenas com a cabeça à flor da água, olhando com cuidado à sua volta, apavorada, mas não viu nada. Quando olhou para cima, avistou a águia desaparecendo no horizonte.

Nadou apressadamente até à beira e subiu os degraus, aterrorizada. Calçou um pé da sandália, mas não encontrou o outro; ficou procurando por ele durante um bom tempo, depois perguntou às criadas:

— Aonde foi parar o outro pé da sandália?

Perplexas, as criadas responderam:

— A águia o levou, senhora!

Logo um ar de tristeza se desenhou em seu lindo rosto,

mas agiu como se nada tivesse acontecido, entrando na sala de verão, cercada por suas criadas. Estas começaram, então, a enxugar as gotículas de água que deslizavam pelo seu belo corpo, como se fossem gotículas de pérolas espalhadas numa superfície de marfim.

* * *

Antes do anoitecer, Rhadopis começou a se arrumar para receber as numerosas visitas, já que as festividades daquele dia tinham atraído gente de todas as partes para o sul. Vestiu suas melhores roupas e usou as jóias mais valiosas; logo deixou o espelho e se dirigiu para a sala de recepção, pois já estava na hora de receber os convidados.

A sala de recepção era um colosso, um símbolo da arte; fora projetada e construída de forma oval pelo arquiteto Hana; suas paredes internas eram revestidas de granito com lâminas de pederneira de cores impressionantes; seu teto era uma abóbada decorada com pinturas, de onde pendiam luzeiros chapeados em ouro e prata.

Nas paredes, as esculturas de Hanfar eram um espetáculo à parte. Os amantes competiam para decorá-lo, oferecendo luxuosos divãs, poltronas e tapetes entre outras mobílias de excelência; mas o melhor de todos esses móveis era o trono da bela, feito do mais caro dos marfins, com pés de dente de elefante e base de ouro puro; incrustado de rubis e esmeraldas. O trono foi presente do governador da ilha de Bija.

Não demorou muito para um dos criados de Rhadopis anunciar a chegada de Anin, comerciante de dente de elefante. O homem adentrou a sala garboso, de peruca e com sua roupa folgada, seguido de um escravo, portando um baú de marfim, adornado em ouro. Este deixou o baú ao lado do trono de Rhadopis e se retirou em seguida. O comerciante Anin, por sua vez, inclinou-se e beijou a mão da bela, que sorriu e disse com sua voz doce:

— Bem-vindo, Anin, como vai? Não nos vemos há muito tempo!

O homem respondeu, sorrindo com satisfação:

— Pois é, minha senhora! Foi a vida que escolhi, ou melhor, que o destino me impôs, para percorrer os caminhos e viajar por esse mundo. Passo a metade do ano na Núbia, e a outra metade entre o sul e o norte, comprando, vendendo e vice-versa. Portanto, não tenho um lugar fixo.

Rhadopis olhou para o baú de marfim e perguntou, sorrindo:

— E este lindo baú de marfim? Será um de seus preciosos presentes para mim?

— O presente não é o baú, mas seu conteúdo, um dente de elefante selvagem. O comerciante que me vendeu jurou que sua captura custou a vida de quatro de seus melhores homens. Guardei-o comigo por algum tempo e, quando fui repousar em Tânis, procurei os melhores artesãos para dar um banho de ouro nele, por dentro e por fora, e transformá-lo em uma taça digna dos reis. Então pensei comigo: "Por que não levar esta taça, que custou a vida de pessoas tão fortes, para presentear aquela por quem as almas se oferecem em sacrifício e ficam satisfeitas por isso?"

Rhadopis sorriu, agradecendo o carinho:

— Muito obrigada, Anin. Seu presente, por mais valioso que seja, não se compara com a beleza de suas palavras.

Emocionado e com olhar de admiração e volúpia, Anin disse em voz baixa:

— Como é bonita! Estou fascinado! Quanto mais o tempo passa, mais bonita você fica! Parece que não existe outra coisa para ele a não ser ocupar-se com a perfeição de sua ofuscante beleza.

Ela ouvia os elogios à sua beleza como quem ouve uma canção repetida. Então resolveu mudar de assunto, fazendo-lhe esta pergunta:

— E seus filhos, como estão?

Decepcionado, Anin ficou em silêncio por alguns instantes. Depois agachou-se para abrir o baú e mostrar a taça. Enquanto levantava a cabeça, foi lhe dizendo:

— Não esperava isso da senhora! Não tenho nenhum fio de cabelo branco. Você acha que o homem que passa a conhecê-la pode sentir afeto por alguma outra mulher?

Ela não quis retrucá-lo e continuou sorrindo, até que pediu-lhe para se sentar perto dela. Naquele momento, chegou um grupo de comerciantes e, com eles, agricultores poderosos. Alguns já eram assíduos freqüentadores de seu palácio, e os outros ela só os via em festas e grandes ocasiões. Deu-lhes as boas-vindas com seu lindo sorriso. Logo atrás, o escultor Hanfar, com seu corpo esguio, garganta proeminente, cabelo encaracolado e nariz achatado, apareceu à entrada do salão. Era um dos homens que ela mais considerava. Por isso, correu para recebê-lo. Deu-lhe a mão, e este a beijou com profundo afeto. Em tom de brincadeira, ela então quis caçoar dele:

— Você é um artista preguiçoso!

Não gostando da observação, Hanfar replicou:

— Fiz o meu trabalho em pouco tempo.

— Ah é?... E o salão de verão?

— É a única coisa que falta decorar, mas lamento dizer-lhe que não vou fazê-lo.

Imediatamente a indignação se manifestou no rosto de Rhadopis, mas o homem explicou:

— É que recebi uma mensagem de minha mãe, comunicando-me que estava doente e precisava me ver. Por isso, partirei para a Núbia depois de amanhã, de qualquer maneira.

— Que os deuses lhes dêem força a vocês dois.

Agradecido, Hanfar acrescentou:

— Não pense que o salão de verão caiu no esquecimento, pois mandarei Benamon Ben Bassar, meu melhor discípulo, para decorá-lo com esmero e perfeição amanhã mesmo. Tenho plena confiança no seu trabalho e gostaria que o recebesse bem e lhe desse apoio.

Rhadopis agradeceu a atenção e lhe fez boas promessas.

Foram chegando mais e mais visitantes, entre eles o arquiteto Hana, seguido de Aana, governador da ilha; e pouco depois Ramon Hotep. O último a chegar foi o grande filósofo Huf, ex-mestre da Escola Superior de Awn, que regressara recentemente a Abu, sua terra natal, com mais de setenta anos. Rhadopis o recebeu em tom bem-humorado:

— Por que toda vez que eu o vejo sinto vontade de beijá-lo?

O velho filósofo respondeu com a habitual serenidade:
— Percebo que a senhora tem afeição às antigüidades.

* * *

Mais tarde, um grupo de escravos adentrou o recinto, carregando bandejas com perfume e ramalhetes de flor de lótus. Após borrifarem a cabeça, o peito e as mãos dos presentes com o perfume, ofereceram uma flor de lótus para cada um deles.

Em seguida, Rhadopis disse em voz alta:
— Vocês não sabem o que me aconteceu hoje!

Todos ficaram em silêncio olhando atentamente para a bela. Então, ela começou a contar:
— Hoje à tarde, fui tomar banho na alberca, e, de repente, uma águia apareceu e roubou um dos pés de minha sandália dourada.

A manifestação de curiosidade, aliada a sorrisos e espantos, se desenhou no rosto de todos os presentes. O poeta Ramon Hotep, por sua vez, comentou:
— É que sua nudez na água atrai as aves de rapina.

Anin assegurou com entusiasmo:
— Posso jurar pelo deus Sótis que a águia queria raptar a dona da sandália.

Rhadopis exclamou, entristecida:
— Ah! Quem dera isso tivesse acontecido.

O escultor Hanfar interveio:
— Perder algo que tenha desfrutado de suas carícias por algum tempo é realmente muito triste. Decerto a sandália não

terá outro destino senão cair, e cairá em algum campo deserto, onde será pisada por algum desses camponeses humildes.

Rhadopis comentou com certa tristeza:

— Seja qual for o seu destino, nunca a terei de volta.

O filósofo Huf achou estranho que Rhadopis lamentasse a perda de uma simples sandália, contudo tentou consolá-la:

— De qualquer maneira, a águia deu um bom presságio. Portanto, não há motivos para tanta tristeza.

Um dos homens importantes perguntou:

— Que outros motivos Rhadopis precisaria para ter mais felicidade, se todos os presentes a adoram?

O filósofo respondeu-lhe em tom burlesco:

— Precisaria livrar-se de um bocado deles!

Mais tarde, outros criados chegaram com jarras de vinho e serviram a todos em copos dourados. Quando percebiam que alguém tinha sede, davam-lhe um copo cheio para saciar a sede da boca e acender a do coração. Rhadopis levantou-se elegantemente e foi até o baú de marfim para mostrar o lindo copo; entregou-o a uma das copeiras e disse:

— Bebamos à saúde de Anin não só pelo belo presente, mas também pelo feliz regresso são e salvo.

Todos beberam com grande satisfação até que Anin se embriagou. Lançou um olhar de agradecimento para a bela, depois comentou com um de seus amigos:

— Não é lisonjeador ouvir meu nome da boca de Rhadopis?

O homem deu-lhe toda razão. Isso chamou a atenção do governador Aana, pois sabia que o comerciante Anin estava em viagem pelo sul. Então, aproximou-se dele e disse:

— Meus cumprimentos pelo feliz regresso, Anin. Como foi a viagem desta vez?

Anin inclinou a cabeça em sinal de respeito e respondeu-lhe:

— Que os deuses o guardem de todos os males, nobre governador. Desta vez não passei nem da província de Guaguayo, e, apesar disso, foi uma ótima e proveitosa viagem.

— E como está Sua Alteza, o príncipe Karafanro, governador do sul?

— Na verdade, Sua Alteza vem enfrentando problemas muito sérios, oriundos das tribos rebeldes de Messayo. Essas tribos repudiam os egípcios, desejando-lhes a morte. Essa gente fica entocada em esconderijos e, quando encontra uma caravana, ataca sem piedade, matando seus homens e comerciantes, e ainda consegue fugir sem que as forças egípcias possam fazer qualquer coisa.

Bastante preocupado, o governador perguntou:

— E por que Sua Alteza não promove uma ofensiva de grandes proporções para acabar com essas rebeliões?

— Sua Alteza tem mandado sempre forças para castigar os rebeldes, mas estes nunca as enfrentaram, porque, como eu disse, eles conseguem se dispersar fugindo pelos desertos e florestas adentro. Com isso, as forças egípcias, quando ficam sem provisões, são obrigadas a retornar às suas bases; e os rebeldes, por sua vez, retomam suas investidas contra as caravanas.

O filósofo Huf, que ouvia com interesse o relato de Anin, conhecia bem o território núbio e estava a par dos acontecimentos, perguntou ao comerciante:

— Por que os messayos se empenham tanto na rebeldia? Suas terras, ainda que sob o domínio do Egito, desfrutam da segurança e da prosperidade que nós, egípcios, lhes proporcionamos; além disso, nunca lhes impusemos nossa religião. Todavia pergunto: por que se revoltam contra nós?

Anin não quis discutir a causa dos conflitos, mas sabia que o que incitava os messayos a praticar a violência eram as mercadorias preciosas que as caravanas transportavam. No entanto, o governador Aana, que conhecia bem a causa dos messayos, percebeu o silêncio de Anin e explicou para o filósofo:

— Na verdade, meu caro filósofo, essa questão dos messayos não tem nada a ver com a política, muito menos com a religião. O grande problema deles é a luta pela sobrevivência, pois trata-se de um povo nômade, que vive em uma terra árida, e a única riqueza que possuem é o ouro e a prata, explorados pelos egípcios. Por esse motivo, continuam atacando e saqueando as caravanas egípcias.

Huf respondeu:

— Sendo assim, então não adianta mandar nenhuma expedição militar atrás deles. Eu lembro, senhor governador, que o ministro Awna — que descanse em paz no mundo de Osíris — queria fazer um acordo com eles, com base em interesses comuns. Eles receberiam provisões e, em troca, garantiriam os itinerários das caravanas. Isso seria um bom negócio para ambas as partes, não acha?

— Sim, mas me parece que isso ainda pode acontecer, porque dias antes da festa do Nilo, o chefe dos ministros, Khanum Hotep, retomou o projeto do finado ministro Awna, e, ao que tudo indica, o acordo foi firmado. Acho que só conheceremos o resultado a longo prazo. Há muitos otimistas.

Muitos dos presentes, inclusive Anin, não gostavam de política e saíram dali para se juntarem a outras pessoas, segundo o tema de cada grupo. Cada qual tentava atrair Rhadopis para seu grupo, mas a bela não conseguia tirar de seu pensamento o nome de Khanum Hotep, aclamado durante o desfile do cortejo faraônico. O episódio tinha deixado uma certa tristeza, aliada a uma pitada de cólera em seu coração. Por fim, acabou se juntando ao grupo no qual estavam sentados Aana, Huf, Hanfar e Ramon Hotep. Logo perguntou-lhes em voz baixa:

— Vocês ouviram aquela estranha aclamação durante o desfile?

Os freqüentadores do palácio branco eram todos amigos, não mantinham as aparências entre si nem tinham medo de nada; falavam de tudo com franqueza e liberdade. Huf, por exemplo, fez críticas à política dos ministros em várias oportunidades. Ramon Hotep é outro que sempre manifestou suas dúvidas e temores acerca do ensino teológico, pois sua crença no prazer convidava os presentes aos desfrutes da vida.

O arquiteto Hana bebeu um gole e disse, contemplando o belo rosto de Rhadopis:

— Aquela aclamação foi bastante ousada. Nunca se ouviu nada igual em todo o vale do Nilo.

Hanfar acrescentou:

— A aclamação foi, sem dúvida, uma triste surpresa para o jovem Faraó no começo de seu mandato.

Huf interveio:

— Nunca foi costume aclamar o nome de ninguém à presença do Faraó, independentemente de raça, posição ou classe social!

Rhadopis completou, indignada:

— Eles transgrediram descaradamente as normas! Qual é a razão para tanto atrevimento, Aana?

O homem passou as mãos em suas espessas sobrancelhas e respondeu-lhe:

— Vejo que você está me perguntando o que se comenta nas ruas, pois muita gente sabe que o desejo do rei é anexar à coroa vários bens dos templos e recuperar a maioria das doações que seus antepassados concederam aos sacerdotes.

O poeta Ramon Hotep interveio com certa impetuosidade:

— Os sacerdotes sempre foram objeto de clemência dos Faraós, receberam tantos bens e tantas doações de terras até que se transformaram em possuidores de um terço das terras cultiváveis; disseminaram suas influências por todas as províncias e hoje exercem um grande poder sobre o povo. Não há dúvida de que existem setores que carecem de fomentos e necessitam de gastos mais do que os templos.

Huf emendou:

— Os sacerdotes afirmam que gastam um terço da renda em esmolas e obras de caridade, afirmam, ainda, que abrem mão de suas possessões em caso de necessidade.

— E que caso de necessidade é esse?

— No caso de o reino enredar-se em uma guerra que envolvesse muitos gastos, por exemplo.

Pensativa, a bela disse:

— De um modo ou de outro, não se deve contestar a vontade do rei.

O governador Aana assegurou:

— Eles cometeram vários equívocos, como fazer propaganda pelas províncias para convencer os camponeses que eles defendem os bens dos adorados deuses.

Rhadopis perguntou, assombrada:

— Quanto atrevimento desses sacerdotes!

Aana respondeu:

— O país está em paz, e a guarda faraônica é a única força de valor. Agora, se os sacerdotes acharem que a força faraônica é insuficiente, poderão se agigantar.

Rhadopis se irritou e exclamou com raiva:

— São uns selvagens!

O filósofo Huf sorriu e, como não gostava de ficar calado, interveio com ponderação:

— Temos de reconhecer que os sacerdotes são uma casta de grandes virtudes, pois preservam as crenças, a boa educação e as tradições eternas deste país; mas, infelizmente, a ambição pelo poder é uma praga que não tem fim.

O polêmico poeta Ramon Hotep lançou um olhar desafiante e fez-lhe uma pergunta objetiva:

— E quanto ao grande sacerdote Khanum Hotep?!

Huf encolheu os ombros e disse com sua costumeira tranqüilidade:

— Ele é um sacerdote honesto e um bom político, tem bom senso e uma grande força de vontade. Ninguém pode negar isso.

O governador Aana se alterou, balançando a cabeça em sinal de reprovação:

— Até agora ele não fez nada para provar sua fidelidade ao trono.

Rhadopis foi mais incisiva:

— E tem feito tudo contra a coroa!

O filósofo, que não estava de acordo com os dois, retrucou:

— Conheço muito bem Khanum Hotep e posso assegurar que ele é fiel tanto ao Faraó como à pátria.

— Só falta você dizer que o Faraó está sem razão! — alfinetou Aana.

— Absolutamente! O Faraó é um jovem de muitas aspirações, pois deseja cobrir o país com um manto de esplendor, mas isso só será possível se ele conseguir anexar uma parte dos bens dos sacerdotes.

Perplexo, Ramon Hotep exclamou:

— E quem é o errado, então?

— Talvez os dois estejam com a razão — disse Huf.

O argumento do filósofo não convenceu Rhadopis, que tampouco aceitou a comparação que ele fez entre o Faraó e seu ministro, estabelecendo igualdade de condições para ambos. O Faraó, segundo ela, é o senhor absoluto das terras do Egito e não se deve contrariá-lo, seja qual for a situação.

Depois de manifestar seu repúdio a qualquer opinião contrária a esta, completou, dizendo:

— Eu mesma estou surpresa com o que eu disse! Desde quando eu me assegurei disso?

— Desde o momento em que você viu o Faraó pela primeira vez. Não se surpreenda, pois a beleza é tão convincente quanto a verdade — respondeu Ramon Hotep em tom de brincadeira.

O escultor Hanfar não pôde agüentar mais e gritou alto para todo mundo ouvir:

— Sirvam o vinho, criadas! E você, minha bela Rhadopis, cante para nós, ou deleite nossos olhos com o movimento de sua graciosa dança; pois nosso espírito está inebriado de vinho de Maryut e preparado para a festa, para a alegria e para a diversão. Portanto, eleve-nos ao prazer do êxtase e da libertinagem.

Rhadopis deu-lhe uns tapinhas carinhosos no ombro e disfarçou, querendo retomar a conversa, mas quando viu o comerciante Anin adormecido, sozinho e afastado dos grupos deu-se conta de que havia ficado um longo tempo com o grupo de Aana. Saiu dali, foi até Anin e gritou:

— Acorde, Anin!

Assustado, ele abriu os olhos, mas quando a viu, seu rosto se iluminou. Rhadopis sentou ao seu lado e perguntou:

— Estava dormindo, Anin?

— Sim, estava sonhando.

— Ah, é?... E com quem?

— Com as noites felizes da ilha de Bija. No sonho, eu me perguntava se seria agraciado com uma daquelas noites inesquecíveis. Poderia me fazer alguma promessa, agora?

Rhadopis negou, movendo a cabeça. Decepcionado com a resposta negativa, Anin perguntou meio sem jeito:

— Por quê?

— A noite pode ser sua ou de outro. Não farei nada que possa enganar alguém, portanto, não me force a fazer promessas.

Afastou-se dele e passou por um grupo que estava alheio àquelas conversas, mas totalmente entregue à bebida. Recebeu algumas saudações do grupo, rodeada por todos os lados. Um deles, cujo nome era Shama, perguntou-lhe:

— Por que não vem participar da nossa conversa?

— E vocês conversam sobre o quê?

— Alguns de nós perguntam se os artistas são dignos do reconhecimento que os faraós recebem.

— E por acaso chegaram a alguma conclusão?

— Sim, minha senhora, chegamos à conclusão de que os artistas não são dignos de nada!

Shama esbravejava sem se preocupar com ninguém. Então, Rhadopis olhou para onde estavam sentados os artistas Ramon Hotep, Hanfar e Hana e soltou uma gargalhada insinuante e sugestiva, para eles ouvirem. Em seguida, disse:

— A conversa aqui é sobre vocês, senhores artistas. Vocês nem ouviram o que se falou a respeito. Disseram que a arte é uma mercadoria barata e que os artistas não são dignos de reconhecimento. O que acham disso?

Os lábios do velho filósofo esboçaram um sorriso irônico, enquanto os artistas lançavam olhares de orgulho para o grupo que zombava deles. Hanfar dava sorrisos de escárnio, enquanto o rosto de Ramon Hotep empalidecia-se de cólera, pois se sentia o mais ofendido de todos. Shama, que estava gostando do que dizia para seus amigos, voltou a esbravejar:

— Sou um homem trabalhador e sério. Uso minhas mãos de ferro para cultivar a terra, a qual se humilha diante de mim, oferecendo toda a riqueza de que preciso. Meu trabalho não beneficia apenas a mim, mas também a milhares de necessitados. E faço tudo isso com gosto e satisfação, sem precisar de acordos verbais, nem de cores reluzentes.

E as opiniões se diversificaram, pois cada qual queria emitir a sua. Alguns expressavam velhas rixas, guardadas de longas datas, outros se contradiziam e outros só queriam aparecer. Um dos artistas mais velhos, chamado Ram, perguntou:

— Quem governa e dirige o povo? Quem invade as terras e conquista as fortalezas? Quem detém os bens e as riquezas? É claro que não são os artistas!

Movido pelo efeito do vinho, Anin exclamou:

— Os homens se perdem no amor das mulheres, morrem de saudade quando lembram delas em seus momentos de solidão. Quanto aos poetas, eles conseguem expressar seus desvarios, em linguagem rítmica, mas ninguém, por mais sensato que seja, ousa reprová-los por isso, mesmo que tenham perdido todo seu tempo com futilidades. No entanto, através da vaidade e da presunção é que eles conseguem o preço da glória e da imortalidade.

Shama interveio novamente:

— Há aqueles que mentem em larga escala, divagam em ambientes longínquos e buscam inspirações em fantasmagorias e coisas irreais; enfim, pretendem ser os mensageiros de uma inspiração divina. Não mostram nada de concreto e conseguem influenciar a maioria das pessoas. Até as crianças aprendem suas mentiras.

Rhadopis riu demoradamente. Saiu de onde estava e foi até Hanfar, para caçoar dele:

— Saia dessa soberba, homem, vamos! Parece que está no topo de uma montanha!

O escultor sorriu amarelo e guardou silêncio, a exemplo

de seus dois amigos, que recusavam contestar aqueles "ataques sem fundamento", embora escondessem uma grande irritação. Temendo que isso pudesse colocar um ponto final na conversa, Rhadopis voltou para Huf e perguntou-lhe:

— Qual é a sua opinião sobre a arte e os artistas, filósofo?

— A arte é um jogo, uma diversão, e os artistas são bons jogadores.

Os artistas continuavam irritados, e o governador Aana não conseguia parar de rir, enquanto os comerciantes e fazendeiros faziam suas algazarras.

Furioso, Ramon Hotep, então, desabafou:

— Quer dizer, filósofo, que nós, artistas, não levamos a vida a sério?

Huf balançou a cabeça e disse, sorrindo:

— Absolutamente! Eu não quis dizer isso! A diversão é uma necessidade também, mas devemos ter em mente que se trata apenas de uma diversão.

— Então a criatividade e a inspiração são um jogo? — perguntou Hanfar em tom desafiante.

— É você que está chamando de criatividade e inspiração. Para mim, isso não passa de um jogo de ilusões — replicou o filósofo com ironia.

Rhadopis olhou para o arquiteto Hana como que incitando-o a entrar na discussão e tentando tirá-lo de seu mutismo habitual. O homem, no entanto, não se deu por instigado, não porque quisesse menosprezar a conversa, mas por estar convencido de que Huf não sabia o que estava dizendo, e que seu interesse era inflamar a discussão, provocando especialmente Hanfar e Ramon Hotep.

Bastante irritado, o poeta esqueceu até que estava no palácio de Bija e perguntou ao filósofo com certa raiva:

— Se a arte é um jogo de ilusões, então por que se exige dos artistas mais do que eles podem fazer?

— Porque nunca tiveram interesse pela lógica do pensamento e sempre se dedicaram ao mundo da fantasia e da infantilidade!

O poeta encolheu os ombros em sinal de desprezo e retrucou:

— Para mim basta, porque já não vale mais a pena discutir isso com você!

Hanfar deu-lhe razão, enquanto Hana sorria, concordando com seu colega. Mas Ramon Hotep, não agüentando mais tanto aborrecimento, esquadrinhou os semblantes zombeteiros e perguntou:

— Será que arte não lhes incita um sentimento de deleite e beleza?

Anin, demasiadamente bêbado, contestou sem saber o que se passava:

— Quanta futilidade!

O poeta se alterou ainda mais, deixou cair a flor de lótus, e retrucou em tom grosseiro:

— Essa gente é muito ignorante mesmo! Não consigo imaginar que alguém possa classificar o deleite e a beleza como coisas fúteis! Será que existe na vida algo estranho por trás da beleza e do deleite?

Hanfar ficou satisfeito com as palavras de seu amigo. Motivado pelo entusiasmo, inclinou-se para a bela e disse-lhe:

— As palavras do meu amigo são tão verdadeiras quanto a sua beleza, Rhadopis. A vida é passageira como um sonho! Lembro, por exemplo, que a morte de meu pai me deixou bastante amargurado. Chorei muito, mas hoje em dia, quando sua lembrança me vem à mente, eu me pergunto: Teria ele existido realmente nesta Terra, ou são imaginações minhas, ou ainda aparições enganosas que se vislumbram na escuridão da noite? Assim é a vida. Que valor tem a força para os fortes? O que os governantes ganham dirigindo seus comandados? Nada de nada. A força pode ser uma estupidez, a sabedoria, um equívoco, e a riqueza, uma ilusão; mas o deleite é sempre deleite; e aquele que é desprovido de beleza é inútil.

Isso fez aflorar um ar de seriedade no formoso rosto de Rhadopis, que exclamou com olhos sonhadores:

— Quem sabe, Hanfar? Às vezes a beleza e o prazer podem ser coisas fúteis, sim. Não vê que passo a vida me divertindo e desfrutando do prazer e da beleza? Mesmo assim, fico entediada de vez em quando.

Depois Rhadopis se convenceu de que Ramon Hotep estava fora de si, que Hanfar estava desgostoso, e Hana, sério, teve um sentimento de culpa por tudo que aconteceu a eles. Tratou, então, de mudar de assunto:

— Senhores, vamos dar por encerrada essa discussão sobre a arte e os artistas, porque quanto mais se fala a respeito deles, pior fica. Vocês gostam de levantar polêmicas sobre tudo e colocam em jogo a própria felicidade.

O governador Aana, já farto da discussão pediu a Rhadopis:

— Acabe com essa discussão e cante para nós uma de suas músicas favoritas, então.

Todos gostaram da proposta do governador e se prepararam para ouvir a bela canção. Rhadopis concordou em cantar porque já estava entediada com aquele assunto. Uma estranha angústia tinha invadido seu coração em vários momentos daquele dia, e ela achou que o canto e a música poderiam apagá-la. Sentou-se em seu trono e ordenou aos músicos que preparassem os adufes, as cítaras e as flautas. Depois levantou a mão, e todos começaram a tocar uma bela canção, proporcionando ao ambiente um clima de alegria e satisfação para sua encantadora voz. Aos poucos, o som dos instrumentos foi baixando até que se transformou em algo semelhante aos delicados sussurros dos apaixonados. Rhadopis, então, começou a entoar um dos poemas de Ramon Hotep:

> *Prestem bem atenção, ó aqueles que ouvem os conselhos dos sábios!*
> *A vida, desde os primórdios, tem acompanhado a marcha de seus ancestrais.*
> *Os quais têm passado por ela como os sonhos na mente de um sonhador.*
> *A vida, no entanto, cansou de rir de suas promessas e ameaças.*
> *Onde estão agora os faraós, os políticos, os conquistadores?*
> *Será verdade que as tumbas são o umbral da eternidade?*
> *Mas da tumba nunca saiu um mensageiro que pudesse nos confortar o coração.*

Não deixem de desfrutar, portanto, os momentos de alegria e prazer!
Já que a voz do copeiro é mais sábia do que os gritos do predicador!

A bela entoou a canção com uma voz tão suave que as almas se desintegraram das cadeias dos corpos e vagaram pelos céus da beleza e da felicidade, deixando para trás os problemas e as preocupações terrenas. Todos se entregaram à sublimação, inebriados, inspirando alegria e tristeza, prazer e dor...

O amor tinha expulsado todos os ressentimentos de seus corações. Depois se lançaram para a bebida, contemplando a formosa mulher, que se movimentava alegremente por entre os convidados, bebendo e brincando com eles. Quando se aproximou do governador Aana, este sussurrou-lhe:

— Que os deuses lhe dêem muita felicidade, Rhadopis. Quando cheguei aqui, sentia-me como um espectro carregado de problemas e agora sinto-me como um pássaro voando pelos céus.

Ela sorriu para o governador e foi sentar ao lado do poeta Ramon Hotep, para oferecer-lhe uma flor de lótus em lugar da que havia perdido no fervor da discussão. Em seguida, Ramon Hotep comentou:

— Esse velho filósofo diz que a arte é um jogo de ilusões. Que opinião mais sem nexo! A arte, Rhadopis, é uma centelha divina que brilha em seus olhos, gira com as batidas do meu coração e produz maravilhas.

Rhadopis retrucou, sorrindo:

— Como pode sair de mim algo que produz maravilhas, se sou frágil como uma menina?

Depois foi para onde estava Huf e sentou-se a seu lado, lançando-lhe um olhar encantador. O filósofo riu e disse, com ironia:

— Você veio falar com o homem errado, ou melhor, escolheu o homem mau!

— Por quê? Não me quer como os outros?

— Ah, se eu pudesse! Você é, para mim, como alguém que sente frio e quer buscar o calor.

— Então me aconselhe sobre o que devo fazer da minha vida, pois não sei o que dizer, aliás, estou sofrendo muito com isso.

— Está sofrendo mesmo? Com toda essa riqueza e todo esse luxo, você ainda diz que está sofrendo?

— Acho que você não entendeu o porquê do meu sofrimento.

— Entendi, sim! Veja, Rhadopis, todo mundo reclama. Os pobres, às vezes, reclamam de um pedaço de pão duro; os senhores do poder se queixam do peso da responsabilidade; e os ricos estão insatisfeitos com a própria riqueza. De que adianta reclamar? O que se ganha com isso? Portanto, você deve se contentar com o que tem.

— Será que as pessoas também sofrem no mundo de Osíris?

O velho Huf sorriu e disse:

— Ah! O seu amigo, Ramon Hotep, acha que esse é um mundo perigoso, mas os sábios sacerdotes dizem que é o mundo da eternidade. Fique tranquila. Por enquanto, você é muito inexperiente nesse campo.

E mais uma vez, ela se viu invadida pela onda da libertinagem e da ironia. Então, resolveu fustigar novamente o filósofo Huf, porém em tom mais sério:

— Você acha que sou uma mulher inexperiente, não é? Mas você não viu o que eu vi!

— E o que você viu que eu não vi?

Ela apontou para um grupo de homens que se divertiam e disse com orgulho:

— Está vendo aqueles homens distintos? Eles são a elite do Egito. Esses homens esqueceram a dignidade e o respeito e voltaram às suas condições primitivas, prostrando-se aos meus pés, como cachorros e macacos.

Depois riu com ternura e correu, com a elegância de uma gazela, até o centro do salão para dançar. Ali, sinalizou para que os músicos tocassem uma de suas danças preferidas. O movimento dos suaves relevos de seu corpo arrebatava o coração dos homens e, enquanto estes batiam palmas ao ritmo dos adufes, seus olhos emitiam luzes fulgurantes. Quando terminou de dançar, voou para seu trono como uma pomba; olhou para as caras ansiosas, e percebeu algo que a fez rir. Logo comentou:

— Sinto-me como uma ovelha entre lobos.

O embriagado Anin gostou da comparação, porque queria ser o lobo para correr atrás de sua formosa ovelha; e parece que o efeito do vinho acabou realizando seu sonho: ele se fez de lobo e deu um aulido tão forte que provocou muitas gargalhadas. Continuou uivando, pondo-se de quatro, e logo em seguida avançou na direção de Rhadopis, em meio a risos e gargalhadas de toda aquela gente; até que chegou perto dela, para suplicar-lhe:

— Ofereça esta noite para mim.

Rhadopis não disse nada. Olhou para o governador Aana, que se aproximava para despedir-se dela. Beijou-lhe a mão e saiu. Logo depois, o filósofo Huf fez o mesmo, mas antes de sair, ela fustigou-o em tom jocoso:

— Não gostaria que essa noite fosse sua?

O filósofo esboçou um sorriso e respondeu, balançando a cabeça:

— Para mim, será mais fácil trabalhar com os prisioneiros das minas de Qaft!

Cada qual desejava ardentemente a noite para si. Chegaram a discutir rispidamente um com o outro, até que as coisas se complicaram. Diante de tanta confusão, Hanfar fez uma proposta:

— Que cada um de vocês escreva seu nome em uma folha e deposite no cofre de marfim do comerciante Anin. No final, Rhadopis sorteará o nome do felizardo.

Todos se viram obrigados a aceitar a proposição, exceto Anin, pois temia perder a noite. Por isso, pediu humildemente:

— Sou um caixeiro-viajante. Hoje estou aqui, mas amanhã posso estar em um país distante. Se eu perder a noite de hoje, não terei mais nenhuma chance.

Evidentemente seu argumento incomodou a todos, que reagiram com zombaria. Rhadopis olhava fixamente para seus apaixonados, sem pronunciar uma única palavra; e mais uma vez, aquela estranha sensação voltou a invadir-lhe o coração. Até tentou sair dali para ficar sozinha, pois já não estava mais agüentando aquela gritaria. Quando levantou a mão, todos se calaram, divididos entre a esperança e o temor. Então, ela disse:

— Senhores, acalmem-se, por favor, porque esta noite não serei de ninguém.

Todos ficaram calados, olhando para ela com descontentamento. Não queriam acreditar no que tinham acabado de ouvir, mas não hesitaram em lançar-lhe súplicas e reclamações logo em seguida. Como ela achou que não adiantava dar-lhes mais explicações, levantou-se com uma expressão firme e decidida, disse:

— Estou muito cansada. Deixem-me descansar.

Saudou-os com sua mão delicada e subiu apressadamente para seus aposentos, satisfeita com tudo que fizera; feliz por ter se livrado dos gemidos apaixonados daqueles homens. Foi até a janela, abriu a cortina e ficou observando o caminho na escuridão. Pôde ver ao longe silhuetas de rodas e palanquins, levando os homens bêbados que voltavam decepcionados e desiludidos. Estava gostando de ver aquela cena, e em seus lábios começava a se desenhar um sorriso cruel e misterioso.

Como conseguira fazer tudo aquilo? Ela não sabia explicar! Mas sentia-se angustiada e nervosa. Ah! O que estaria por trás desta vida monótona? Teria alguma dificuldade para responder? Não ficou satisfeita nem com o próprio sábio Huf.

Depois ela se atirou em seu confortável leito e se entregou aos sonhos: pelas páginas de sua imaginação foram passando os acontecimentos estranhos do dia, um atrás do outro. Viu a concentração das multidões egípcias na festa do Nilo, os olhos enfeitiçadores da bruxa, que suscitavam uma força dominadora, e ouviu também sua repugnante voz que causava tremor nas articulações. Depois viu o jovem rei com a auréola de glória e beleza. Viu a águia que desceu para raptar uma de suas sandálias e desaparecer com ela pelos céus. Realmente, fora um dia completo. Talvez isso tenha despertado seus sentimentos, estimulado sua imaginação, para que os fragmentos de quem foi embora permanecessem confusos em sua mente. Seu coração batia com força, sua alma se inflamava com uma chama oculta e sua imaginação divagava em vales estranhos. Era como se ela quisesse passar de um estado para outro. Mas que estado era esse? Estava perplexa, não sabia o que fazer. Teria sido o efeito do sortilégio que a maldita bruxa fizera? Não, não era nada disso, era simplesmente uma magia que domina os destinos.

TAHU

Estava irrequieta e confusa, não conseguia conciliar o sono. Levantou-se da cama mais uma vez e foi abrir a janela que dava para o jardim. Ficou ali parada como uma estátua por algum tempo. Logo depois soltou seu negríssimo cabelo, cujas madeixas deslizaram pelo pescoço e pelos ombros, cobrindo sua túnica branca. Os pulmões respiravam o ar fresco da noite. Debruçou-se no parapeito da janela, apoiando o queixo nas palmas das mãos. Seu olhar se perdia no céu que cobria o jardim e no Nilo que corria por detrás. Era uma noite escura, com temperatura moderada; soprava de vez em quando uma brisa suave, que fazia balançar ligeiramente folhas e galhos. Ao longe, o Nilo parecia uma porção de negrume, e, no céu, as estrelas brilhavam, emitindo uma luz amena, que, ao se refletir na terra, submergia no mar da escuridão.

Poderia a noite escura, com seu silêncio absoluto, estender um manto sobre sua cabeça para fazer desafogar sua inquietação? Impossível, pois seu desespero em obter a tranqüilidade já tinha chegado ao ponto máximo. Pegou uma almofada e colocou no parapeito da janela, deitou sua face direita ali e fechou os olhos.

De repente, três reflexões do filósofo Huf vieram-lhe à memória: "...Todo mundo se queixa... O que se pode ganhar em troca... Contente-se com o que tem..." Suspirou do fundo do coração e se perguntou com tristeza: será verdade que não se pode ganhar nada em troca? Será verdade que a insatisfação está sempre perseguindo o ser humano? Mas de que maneira ela poderia ter o total convencimento disso e não deixar que seu coração exigisse nada em troca? Só que ela abrigava uma grande revolta em seu íntimo, e com isso queria destruir o passado e o presente, para refugiar-se em horizontes desconhecidos. Sendo assim, como poderia ela encontrar sossego e compreensão? Sonhava com uma situação que pudesse anular suas insatisfações, no entanto, mostrou-se que estava atormentada e confusa com todo mundo.

Continuou com seus questionamentos e divagações até que ouviu baterem suavemente à porta de seus aposentos. Surpresa, levantou a cabeça, aguçou os ouvidos e gritou:

— Quem está aí?

Uma voz que ela conhecia muito bem respondeu:

— Sou eu, minha senhora. Posso entrar?

— Pode sim, Shith.

A criada entrou na ponta dos dedos e, quando viu sua senhora em pé, próxima à janela, e a cama arrumada do jeito que ela tinha deixado, perdeu a fala.

— O que houve, Shith? — perguntou imediatamente a bela.

— É que tem um homem lá embaixo aguardando permissão para entrar.

— Homem? Que homem é esse? Mande-o embora já! — contestou a formosa mulher, irritada, franzindo as sobrancelhas.

— Mas, minha senhora, trata-se de um homem que sempre teve acesso livre neste palácio.

— É Tahu?!

— O próprio, senhora!

— E o que o traz até aqui a esta hora da noite?

— Isso a senhora vai saber logo — disse a criada, manifestando um olhar malicioso.

Fez um sinal com a mão, para chamá-lo. Instantes depois, eis que aparece o alto e troncudo comandante Tahu, ocupando todo o vão da porta. Aproximou-se de Rhadopis e cumprimentou-a, inclinando ligeiramente a cabeça. Estava nervoso, pálido e com ar de cansado, franzindo a testa sem parar. Rhadopis fingiu não ter percebido, mas depois que se sentou no divã perguntou-lhe:

— Você parece cansado. Tem tido muito trabalho?

— Não — respondeu ele secamente.

— Não estou acostumada a vê-lo assim.

— É mesmo?

— Claro, e você sabe muito bem disso. O que há com você?

Tahu sabia perfeitamente o que iria ouvir. Vinha evitando falar no assunto porque estava jogando com a própria sorte e temia perdê-la para sempre. Tudo seria mais fácil se houvesse alguma maneira de controlar a situação. Estava a ponto de desistir de tudo, mas a dor que tinha se instalado em seu peito era intensa. Por isso, exclamou:

— Ah, Rhadopis! Se meus sentimentos fossem correspondidos, eu me jogaria aos seus pés, suplicando-lhe em nome do nosso amor!

Acaso ele precisava dessas súplicas? Ela o conhecia muito bem e tinha-o como um homem violento que detestava súplicas e rogativas. Já que ele se contentava com a beleza de seu corpo, então o que o fazia temer?

— Essa conversa é velha e monótona — disse ela, desdenhando.

Mesmo sabendo que isso era verdade, ficou irritado e replicou em tom incisivo:

— Eu sei, eu sei... Só que estou repetindo porque o momento é propício. Ah! Seu coração é uma concavidade no fundo de um rio gelado.

Rhadopis, que já estava acostumada a esses tipos de ataque, contestou com certo nervosismo:

— Por acaso tenho lhe impedido de fazer as coisas que quer?

— Não é isso, Rhadopis. Você me deu a beleza de seu corpo, o qual foi criado para atormentar os homens. No entanto, eu sempre quis o seu coração só para mim. E que coração é o seu, Rhadopis! Ele está no meio de uma tempestade de desejos, como se não tivesse nada a ver com você. Muitas vezes eu me perguntava, contrariado: o que me falta, afinal? Sou homem ou não? É claro que sou, em todos os sentidos. A grande verdade, Rhadopis, é que você não tem coração mesmo!

Sua repulsa por Tahu aumentou ainda mais, pois sempre ouviu dele o mesmo discurso, mas desta vez ele fora longe demais, porque falava com ironia, desprezo e rancor. O que teria acontecido a ele? O que o levou a agir assim naquela hora avançada da noite?

Rhadopis, que já não agüentava mais ouvir o mesmo assunto, perguntou-lhe:

— Qual o motivo de sua vinda, afinal? Por acaso veio me dizer as baboseiras de sempre, Tahu?

— Não, não vim para isso, e sim para falar de um assunto muito sério. E se o amor não me ajuda a resolvê-lo, então espero que a liberdade, que você tanto preza, possa fazê-lo.

Rhadopis olhou para ele com muita atenção e esperou que concluísse. Calado e bastante incomodado com toda aquela situação, Tahu resolveu ir direto ao assunto e, olhando de frente para ela, disse:

— Você tem que deixar o palácio de Bija e sair hoje mesmo da ilha, antes do amanhecer.

Lançando um olhar de pavor, a mulher perguntou, incrédula:

— O que está dizendo, Tahu?

— Estou dizendo que você tem que sumir daqui hoje, pois, se não o fizer, perderá sua liberdade.

— E posso saber o que ameaça minha liberdade em Bija?

Tahu trincou os dentes e perguntou-lhe:

— Por acaso você não perdeu uma coisa de valor?

Rhadopis respondeu, assombrada:

— Sim, perdi a sandália dourada que você mesmo me presenteou.

— E como foi?

— Uma águia a levou quando eu estava me refrescando na alberca do jardim. Eu não entendo aonde você quer chegar. O que minha liberdade tem a ver com a perda da sandália?

— Um momento, Rhadopis. Admitamos que a águia tenha levado a sandália, mas você sabe aonde foi cair?

Pelo seu tom, Rhadopis percebeu que Tahu estava a par de toda a história da sandália, o que lhe causou muita estranheza. Depois balbuciou, dizendo:

— Como vou saber aonde foi cair, Tahu?

Então ele disse:

— Caiu no peito do Faraó.

Estas palavras soaram-lhe como uma terrível trovoada, açambarcando todos os seus sentidos. Ficou paralisada, olhando para Tahu, sem conseguir sair de sua inércia. O comandante a contemplava com olhos conturbados, enquanto se perguntava: como a notícia terá caído no seu íntimo? Que sentimento estaria agitando seu coração? Não agüentando mais o silêncio, perguntou-lhe em voz baixa:

— Diga-me, não tenho razão naquilo que estou lhe pedindo?

Ela não deu uma só palavra. Parecia não querer ouvi-lo, pois estava mergulhada em ondas que se entrechocavam no mar de sua perplexidade. Tahu ficou impressionado com seu torpor e teve a sensação de que algo o estava afastando de Rhadopis. Sua paciência estava se esgotando, e a raiva já começava a se alojar em seu coração. Não teve outra reação a não ser gritar com rispidez:

— Para onde seu pensamento a levou? Será que não se abalou com esta terrível notícia?!

O grito lhe fez estremecer o corpo e aumentou ainda mais o tédio que se consumia em seu íntimo. Olhou para ele cheia de raiva, mas se conteve para tentar entender o que ele queria dizer. Então perguntou-lhe com frieza:

— Você acha isso? É assim que você vê as coisas?

— O que eu acho é que você está se fazendo de desentendida, Rhadopis.

— Que malvado você é! Suponhamos que a sandália tenha caído no peito do Faraó, e daí? Você acha que ele vai me matar por causa disso?

— Em absoluto! Ele apenas examinou a sandália e perguntou quem seria a dona.

— E teve alguma resposta? — perguntou ela, com o coração disparado.

Com os olhos ensombrecidos e a voz trêmula, Tahu disse:

— Ali havia um homem que sempre fez reticências a minha pessoa. Parece que o destino o transformou em um amigo-inimigo e um inimigo-amigo para mim. Esse homem aproveitou o momento para me alfinetar, e conseguiu me ferir, quando começou a falar bem de você, quer dizer que você despertou o seu desejo e suscitou a paixão em sua alma.

— Está falando de Sufakhotep?

— O próprio! O amigo-inimigo que instigou o coração do jovem rei.

— E o que ele pretende com isso?

Tahu cruzou os braços e disse com determinação:

— O Faraó não é uma pessoa que almeje algo que não consiga, ou seja, quando ele quer algo, sabe o que fazer para obtê-lo.

E o silêncio reinou novamente. Por um lado, a mulher se entregava aos sonhos, pois se via presa a sentimentos ardentes; por outro, o pesadelo se apoderava do homem e aumentava sua raiva, face ao mutismo da mulher, que não se abalara nem se intimidara com tudo que lhe fora dito.

Logo depois Tahu exclamou, irritado:

— Você não vê que a sua liberdade está sendo ameaçada de prisão? O que está em jogo é a sua liberdade, Rhadopis! A liberdade que sempre amou, a liberdade que sempre dilacerou corações; que fez as almas caírem na perdição; que fez do sofrimento, da angústia e do desespero uma epidemia que contaminou todo o povo de Bija. Afinal, por que não foge com ela para longe daqui?

Rhadopis ficou chocada com estas palavras e reagiu com indignação:

— Você me ofende e me causa arrepios com essas palavras. Sabe muito bem que nunca fui hipócrita — talvez esse tenha sido o meu maior erro —, e jamais direi para um homem que gosto dele sem gostar.

— Então por que não arruma um namorado, Rhadopis? Até Tahu, o soldado corajoso, que se engalfinhou em combates pelo norte e pelo sul e foi criado em cima de carros de guerra apaixonou-se. Responda-me, por que você não se apaixona por alguém?

Ela deu um sorriso enigmático e retrucou:

— Acho que não tenho resposta para a sua pergunta.

— Não estou preocupado com isso agora. Deixe a resposta para depois. O mais importante, neste momento, é saber o que vai fazer.

Rhadopis respondeu com uma resignação estranha:

— Não sei.

Os olhos de Tahu ficaram vermelhos como brasa, devorando-a com raiva. Teve uma vontade louca de quebrar-lhe a cara. Mas suspirou profundamente e disse:

— Eu esperava que desse mais importância à liberdade.
— Ah, é? Queria que fizesse o quê?
— Queria que saísse daqui, Rhadopis! Que fugisse para longe, antes que a levem para o harém do palácio do governador como escrava. Lá você ficará confinada em um dos numerosos prostíbulos, amargando a solidão e a escravatura, esperando que sua vez chegue a cada ano. Passará o resto de sua vida em um paraíso de tristezas, enclausurada na prisão sombria. Por acaso Rhadopis veio ao mundo para levar essa vida?

Isso mexeu com seu orgulho e sua dignidade. Será que ela fez por merecer a sorte de levar essa vida desgraçada? Será esse o seu destino final? Ela, que era disputada pelos homens mais destacados; será que vai compartilhar com as escravas o coração do jovem Faraó e se contentar com um dos prostíbulos de seu harém? Será que ela vai trocar a luz pela escuridão, a vitória pela derrota, a soberania pela escravidão? Ah!... Como a imaginação atormenta as pessoas! Mas será que vai fazer a vontade de Tahu? Rhadopis, a adorada, cuja beleza nunca se viu em outro rosto, e cuja magia nenhum outro corpo teve, escapará da escravidão?

Chegou mais perto dela e suplicou:
— E então, Rhadopis, o que vai fazer?
Ela respondeu com ironia:
— Seu desejo é que eu saia do caminho de seu senhor, não é, comandante?

A ironia tocou-lhe profundamente o coração e o fez sentir um certo amargor na boca. Mas tentando recompor-se de seu erro, disse logo em seguida:

— Meu senhor ainda não conhece você, Rhadopis, mas eu estou com o coração partido. Na verdade, sou prisioneiro de um amor incompreendido que desconhece a misericórdia; um amor que me jogou nas águas da perdição, para me humilhar e torturar. Meu peito é um abismo de tortura abrasadora, cuja chama se tornou mais intensa quando tive medo de perdê-la para sempre. Não estou incitando-a, nem forçando sua saída, apenas pedindo-lhe que fuja, no intuito de defender o meu amor, e isso não quer dizer em absoluto que estou sendo desleal ao meu adorado senhor.

Ela não deu importância às suas lamúrias nem à defesa de lealdade aludida a seu senhor. Continuou ferida em seu orgulho. Mas quando o homem tornou a perguntar-lhe sobre o que pretendia fazer, balançou a cabeça com raiva, como se quisesse afastar as desprezíveis preocupações. Depois retrucou em tom frio e confiante:

— Daqui eu não saio, Tahu!

Paralisado e contido em sua perplexidade, o homem insistiu:

— Então prefere viver subordinada ao desprezo e à humilhação?

Ela respondeu, sorrindo:

— Rhadopis não provará nunca o desprezo nem a humilhação!

— Ah! Já entendi! — replicou, irritado. — Parece que seu velho demônio voltou a despertar em você a vaidade, o orgulho e a força. O demônio, que se refugia na eterna frigidez de seu coração e se regozija em contemplar o sofrimento alheio, apoderando-se de todas as situações. O demônio que, quando ouviu o nome do Faraó, rebelou-se, mostrando força e domínio, para colocar em jogo essa maldita beleza; sem dar importância aos corações humilhados e pisoteados, nem às almas transformadas em cinza, nem às esperanças destruídas ao longo de sua satânica escalada. Ah! Por que não uso o punhal e acabo de vez com este mal?

Rhadopis olhou para ele e disse com tranqüilidade:

— Nunca o proibi de fazer as coisas e sempre o alertei contra a sedução.

— Este punhal pode me tranqüilizar a alma, e para Rhadopis será um final esperado.

— E será um final lamentável para Tahu, o comandante patriota! — replicou Rhadopis, tranqüila.

Ficou contemplando-a com olhos inexpressivos durante um bom tempo. Sentia naquele momento uma angústia mortal e um desespero asfixiante, mas apesar de todo esse desespero, ainda retrucou com um tom frio e cruel:

— Você não passa de uma asquerosa, Rhadopis! Você é a imagem da repugnância e do horror! E aquele que diz que você é bonita está cego! Sua imagem é feia, é moribunda. Não há beleza sem vida, porque esta não palpitou em seu peito, nem esquentou seu coração. Você é um cadáver de características bem definidas, mas é apenas um cadáver. Seus olhos nunca viram a ternura, seus lábios nunca consolaram a dor, e em seu coração nunca palpitou a compaixão, seu olhar é frio, e seu coração é de pedra. É realmente um cadáver amaldiçoado. Terá o meu ódio enquanto eu viver. Sei que agirá de acordo com seu jeito demoníaco de ser, mas algum dia ele destruirá sua alma. Esse será o fim de toda maldade. Por que matá-la, então? Por que carregar o crime de um cadáver já morto?

Depois de desabafar com estas palavras, Tahu foi embora.

Rhadopis ainda escutou seus passos pesados até que se afogaram no silêncio da noite. Foi para perto da janela. A escuridão era total, e as estrelas velavam em suas constelações eternas. O silêncio era reinante e majestoso. Estava perturbada. Queria poder ouvir as palpitações enterradas de seu coração.

O que guardava em seu íntimo era algo forte e violento, oriundo do fervor e da inquietação; algo que lhe assegurava que seu corpo palpitava para a vida, não era um cadáver inerte.

O FARAÓ

Abriu os olhos e se viu na escuridão. Era noite ainda? Por quantas horas teria conseguido dormir tranqüila? Esteve completamente inconsciente por algum tempo, não conseguia entender nem lembrar de nada, como se ignorasse o passado e o futuro; enfim, como se a escuridão tivesse trajado sua personalidade. Aos poucos foi recobrando os sentidos, ainda que sentisse um forte pesadume, mas logo seus olhos dominaram a escuridão e atenuaram-lhe o impacto. Pôde ver uma luz fraca que penetrava pelas arestas da janela e distinguir os móveis da alcova com sua lumeeira pendente banhada em ouro. Naquele momento, ela se deu conta de que não havia pregado o olho até que se viu envolvida pelas tênues ondas azuis do amanhecer. A partir daí, o sono furtou-lhe os sentidos, e acabou dormindo até a tarde do dia seguinte.

Voltou a lembrar dos acontecimentos da noite passada, da imagem de Tahu, que gritava, fervia e gemia de desespero. Que homem violento! Era um homem irascível, selvagem, teimoso.

Todos almejavam conquistar seu coração, mas este era indiferente, arredio como um animal indomável. E quantas vezes se viu obrigada a enfrentar atitudes patéticas e ouvir desgraças do nada! Ela odiava tudo isso, mas as desgraças a perseguiam como se fossem suas sombras, rondavam sobre ela como se fossem seus pensamentos e manchavam sua vida de crueldade e angústia.

Depois veio-lhe à memória o comentário que Tahu fez a respeito do jovem Faraó, que queria conhecer a dona da sandália e que fatalmente a levaria para o seu harém. Ah! O Faraó é um jovem de sangue quente e de uma mocidade frenética, e ela já sabia disso, portanto não podia estranhar o que lhe fora dito por Tahu, e não era impossível acreditar em suas palavras; mas talvez os acontecimentos tomem outros rumos. Sua confiança em si mesma não tem limite.

Quando ouviu baterem à porta, disse com voz preguiçosa:

— Entre, Shith.

A criada entrou com sua costumeira pressa, dizendo:

— Graças aos deuses que dormiu depois de uma longa insônia. Coitada! Deve estar com muita fome! Não é verdade, minha senhora?

Shith abriu a janela e deixou penetrar uma luz entremeada com certa penumbra. Sorriu para sua senhora e disse-lhe:

— A visita do sol à terra foi melancólica hoje, porque se pôs sem conseguir ver a senhora.

Rhadopis perguntou-lhe enquanto se espreguiçava e bocejava:

— Já anoiteceu?

— Sim, minha senhora. Gostaria de se banhar na água perfumada agora ou comer alguma coisa primeiro? Coitada! Só eu sei o que minha senhora passou na noite de ontem!

O comentário de Shith despertou interesse em Rhadopis, que lhe perguntou:

— Como assim? O que você sabe?

— É que a senhora não esquentou a cama com nenhum homem.

— Sua malvada! Você é muito bisbilhoteira!

A criada replicou, piscando:

— Senhora, os homens costumam ser autoritários e dominadores. Não fosse esse seu orgulho, não os teria suportado.

— Vamos parar com esse assunto, Shith! Ah! Sinto um peso na minha cabeça.

Shith disse-lhe:

— Então vamos ao banho, minha senhora, pois os pretendentes já estão no corredor da sala de recepção. Eles não vão gostar de ficar ali sem a senhora.

— Estão mesmo lá?

— E alguma vez a sala de recepção esteve vazia a esta hora?

— Não quero ver nenhum deles!

Shith ficou surpresa, olhou para sua ama com apreensão e disse:

— Se ontem a senhora frustrou-lhes as esperanças, o que vai dizer-lhes hoje? Ah! Se minha senhora soubesse o quanto estão aflitos com seu atraso!

— Pois diga-lhes que estou cansada.

A criada hesitou um pouco, mas quando quis contestar, Rhadopis ordenou-lhe:

— Faça o que eu mandei!

Shith saiu dali estremecida, sem saber o porquê da mudança de sua senhora. A bela, por sua vez, ficou satisfeita com o cumprimento de sua ordem. Achou que aquele não era o momento certo porque não conseguia juntar seu disperso pensamento para ouvir ninguém, nem tinha ânimo para prestar atenção a conversa nenhuma, muito menos cantar ou dançar. Assim eles vão embora e pronto. Mas, temendo que Shith voltasse com as súplicas daqueles homens, levantou-se da cama e foi direto para o banho.

Sozinha, ela se perguntava: será que o Faraó vai mandar alguém para me buscar esta noite? Era esse o motivo de sua inquietação? Estava com medo? Não. Porque se tratava de uma mulher cuja beleza não se comparava com nenhuma outra, e isso, sem dúvida, depositava confiança em si mesma. Estava convencida de que sua beleza arrebatava corações, e que esta nunca seria humilhada por homem nenhum, nem mesmo o próprio Faraó. E se ela tinha tanta autoconfiança, então por que estava tão nervosa? Voltou a sentir aquela sensação estranha da noite anterior, que fez palpitar seu coração pela primeira vez quando viu o jovem Faraó de pé na carruagem real, imponente como se fosse uma estátua. Que coisa! Estava diante de um enigma, de um nome magnífico, ou de um deus adorado? Queria vê-lo como um simples mortal, depois de tê-lo visto como um deus majestoso? Estava inquieta porque queria se assegurar de sua força diante dessa fortaleza intransponível?

Shith bateu na porta e disse que tinha uma carta do senhor Anin. A reação de Rhadopis foi imediata: "rasgue-a em pedaços". Temendo aumentar a ira de sua senhora, a criada se retirou dali calada, tropeçando no seu próprio embaraço. Enquanto isso, Rhadopis saía do banho e entrava em seus aposentos mais bonita do que nunca. Comeu e tomou um copo de vinho de Maryut, e, assim que se sentou no divã, Shith entrou sem pedir licença, irrompendo em seus aposentos. Rhadopis lançou um olhar ameaçador, mas Shith, muito assustada, antecipou-se, dizendo:

— Há um homem desconhecido que quer falar com a senhora lá no vestíbulo.

A cólera se apoderou da bela, que gritou:

— Ficou louca, Shith? Por acaso está se aliando a esses inconvenientes contra mim?

Shith, que respirava ofegante, respondeu:

— Tenha calma, minha senhora. Todos os visitantes foram embora, mas esse homem eu não conheço. Encontrei com ele por acaso no corredor que dá para o vestíbulo. Não sei de onde veio. Tentei impedi-lo, mas continuou andando sem se importar com o que eu dizia e ainda exigiu que viesse transmitir o recado para a senhora, imediatamente.

A bela, que ouvia atentamente a criada, perguntou com interesse:

— Ele é da guarda faraônica?

— Não, senhora. Seu traje não é militar. Perguntei-lhe quem era, e ele encolheu os ombros com desprezo. Eu ainda lhe disse que a minha senhora não quer receber ninguém hoje, e mesmo assim fez pouco caso de minhas palavras. Por fim, disse-me: "avise a sua senhora que eu a estou aguardando aqui, e pronto." Oh! Senhora, eu só quero o seu bem. Não pude encontrar uma forma de despachar esse homem pesado e insolente. Perdoe a minha falha, senhora!

Rhadopis ainda se perguntou: não seria algum mensageiro do rei? Isso fez seu coração bater mais forte até que estremeceu todo seu peito. Foi se olhar no espelho para ver sua imagem, deu uma volta na ponta dos dedos, depois perguntou à criada:

— O que está vendo, Shith?

A criada ficou espantada com a mudança de sua senhora e respondeu:

— Estou vendo Rhadopis, a minha senhora.

A bela saiu da alcova, deixando a criada perplexa. Foi de um pavilhão para o outro como uma pomba, desceu a escada forrada com um luxuoso tapete e parou na entrada do corredor por alguns instantes. Dali viu um homem que estava de costas, lendo um poema de Ramon Hotep, gravado na parede do vestíbulo. Quem será esse homem? Tinha a mesma altura de Tahu, porém um pouco mais magro, com ombros largos e pernas bonitas. Nas costas levava uma faixa adornada com pedras preciosas que ia dos ombros até a cintura e, na cabeça, uma bonita tiara em forma de pirâmide, diferentemente das tiaras sacerdotais. Quem será ele? O homem não percebeu sua chegada porque ela pisava suavemente num tapete grosso. Quando estava a alguns passos dele, disse em voz baixa:

— Senhor!

Quando o desconhecido virou de frente, ela disse, assombrada:

— Meu deus!

Estava frente a frente com o Faraó. Sim, o Faraó, com toda sua magnificência e suntuosidade, era ninguém mais ninguém menos do que o rei Mernerá II.

A surpresa a fez estremecer todo o corpo, deixando-a

extasiada, sem saber o que fazer. Estaria sonhando? Mas ela bem conhecia aquele rosto moreno e aquele nariz formoso e afilado. Não poderia esquecê-lo nunca, pois as duas vezes em que o vira foram o suficiente para que suas feições ficassem gravadas em sua memória. Mesmo assim, não esperava por esse encontro, pois não tinha se preparado para ele, nem traçado um de seus inteligentes planos. Podia receber o Faraó de uma forma tão imprevisível, ela que esperava se encontrar com os comerciantes núbios? Foi pega de surpresa, portanto sentiu o sabor da derrota, inclinando-se pela primeira vez em sua vida para dizer com voz trêmula: "senhor".

O Faraó lançava um olhar penetrante no rosto formoso de Rhadopis. Contemplava sua agitação e seu nervosismo com grande prazer. Deleitava-se com a magia de sua formosura. Depois da saudação de Rhadopis, perguntou em voz alta e clara:

— Sabe quem sou eu?

— Sim, meu senhor. Assim quis minha afortunada sorte, ontem — respondeu com sua voz suave e melodiosa.

Ele não tirava os olhos de seu rosto, e um certo torpor começava a invadir-lhe os sentidos. Meio desconcertado, comentou:

— Os reis são os guardiões de seu povo, velam pelas suas almas e pelos bens que possuem. Por isso vim aqui para devolver-lhe uma coisa muito valiosa.

O Faraó levou a mão até a cintura e, por debaixo do cinturão, mostrou a Rhadopis o pé da sandália. Então ele perguntou:

— Não é sua esta sandália?

Os olhos atônitos de Rhadopis acompanharam a mão do Faraó, até que viram aparecer o pé da sandália por baixo do cinturão. Sem acreditar no que via e visivelmente nervosa, balbuciou:

— É a minha sandália!

O Faraó riu docemente e, sem tirar os olhos dela, replicou:

— Sim, é a sua sandália, Rhadopis. Não é esse o seu nome?

Ela baixou a cabeça e balbuciou novamente:

— Sim, meu senhor.

O nervosismo cortou-lhe a fala mais uma vez. Mas ele prosseguiu:

— É uma sandália muito bonita. Mais bonita ainda é essa imagem gravada em seu interior. Até então era apenas um adorno bonito, mas depois de conhecê-la, percebi que é uma formidável realidade e que a beleza, como o destino, sempre surpreendeu o homem com o inesperado.

Rhadopis cruzou os dedos e exclamou:

— Senhor... Nunca pensei em ter a honra de receber a vossa magnânima presença em meu palácio, trazendo pessoalmente minha sandália... Oh, meu deus, não sei o que dizer! Perdi a naturalidade por completo! Ah... Sim, perdoai minha distração, senhor, pois esqueci de oferecer-vos um assento!

Foi até seu trono e se inclinou respeitosamente, convidando o Faraó a se sentar, mas este preferiu o confortável divã e, depois que tomou assento, disse-lhe:

— Venha cá, Rhadopis, e sente-se aqui perto de mim.

Lutando contra seu nervosismo, a bela caminhou e ficou a um metro de distância do Faraó. Este pegou seu pulso —

era o primeiro toque carinhoso — e a fez sentar-se ao seu lado. O coração de Rhadopis batia fortemente. Pôs a sandália ao lado, baixou a vista e esqueceu que era a adorada Rhadopis, a que se divertia com o coração dos homens do jeito que bem entendia. Mas dessa vez ela ficou completamente vencida pela surpresa, perto de um homem adorado, que tinha atormentado sua alma como se uma luz estivesse ofuscando-lhe os olhos. Encolheu-se como uma virgem que se oferece a seu homem pela primeira vez. A verdade é que sua extraordinária beleza empreendeu o combate — sem que ele soubesse, com autoridade e confiança — e lançou uma luz mágica nos olhos do rei, como o sol lança seus raios dourados nas plantas adormecidas, fazendo com que elas despertem para a vida com vigor e alegria. A beleza de Rhadopis era tão fascinante, tão arrebatadora e tão abrasiva que levava à loucura e enchia o peito de desejos insaciáveis.

Naquela noite eterna havia tão somente duas pessoas: de um lado, Rhadopis, que tentava controlar seus nervos; do outro, o rei, que se perdia em seu encantamento. Os dois clamavam pela misericórdia dos deuses.

O rei queria ouvir sua voz e fez-lhe esta pergunta:

— Não vai me perguntar como a sandália foi parar nas minhas mãos?

Bastante conturbada, respondeu:

— Senhor, esqueci de tantas coisas importantes!

— Mas pode me explicar como perdeu essa sandália? — perguntou o Faraó, sorrindo.

— Uma águia a pegou enquanto eu me banhava na alberca.

O rei suspirou profundamente e levantou a vista, como que olhando para a decoração do teto. Depois fechou os olhos e começou a imaginar a encantadora cena em que Rhadopis brincava nua na água e uma águia veio do alto para roubar-lhe a sandália. Enquanto isso, a bela observava a respiração ofegante do Faraó e isso lhe fazia queimar as faces. Emocionado, o rei então lhe disse:

— A águia roubou a sandália e a levou a mim. Que história maravilhosa! Isso significa que se os deuses não tivessem mandado a bendita águia, eu não teria conhecido você. Sim, pois acredito piamente que essa águia deixou a sandália cair no meu peito porque estranhava o fato de eu não tê-la conhecido no dia da festa do Nilo, quando você estava a poucos passos de mim. Portanto, ela quis reparar o meu descuido.

— A águia então jogou a sandália no meu senhor? — perguntou Rhadopis, assombrada.

— Sim, Rhadopis! É uma história extraordinária!

— Que casualidade fantástica!

— Casualidade, Rhadopis? Não se trata de uma casualidade, mas sim de um disfarce do destino.

Rhadopis suspirou e disse:

— É verdade, senhor. É como o sensato que se faz de ignorante.

— Darei ordens para que nenhum súdito faça mal às águias.

Ela sorriu com tanta satisfação que seus lábios pareciam um talismã encantador. O rei estava perdidamente apaixonado e, como não tinha o costume de lutar contra os sentimentos, acabou por se render ao amor. Em seguida, suspirou e disse:

— É a única criatura a quem devo o bem mais valioso de minha vida, Rhadopis. Como é formosa! Sua beleza transcende todos os meus sonhos.

Ela se alegrou com as palavras. Era como se as estivesse escutando pela primeira vez em sua vida. Seu olhar era doce, meigo e fazia inflamar a paixão do Faraó, que disse em tom suplicante:

— É como se um látego abrasador me queimasse o coração.

Depois chegou mais perto do rosto de Rhadopis e sussurrou-lhe:

— Rhadopis, quero submergir em seus alentos.

Com a vista baixa, ela se acercou dele, e este fez o mesmo até que seu nariz roçou o delicado nariz da bela, enquanto tocava com os dedos seus grandes cílios. Ele viajava na negritude de seus olhos, acometido por um sentimento que o fazia esquecer de tudo. Só voltou a si quando Rhadopis deu um suspiro profundo. Acomodou-se no assento e sussurrou-lhe:

— Rhadopis, estou lendo o meu destino e vejo que doravante o meu lema é a loucura.

Esgotada e com o coração batendo com força, ela apoiou a cabeça na palma da mão. Os dois permaneceram em silêncio, felizes, e cada qual falava consigo mesmo, sem saber o que um pensava do outro. De repente, Rhadopis levantou-se e disse:

— O meu senhor não gostaria de conhecer o meu palácio?

O convite era sugestivo, não obstante fez lembrar ao rei

de algo que se havia esquecido, e ele se viu obrigado a desculpar-se. O que aconteceria se chegasse atrasado ao encontro? O palácio e tudo que há nele lhe pertence. Então disse com pena:

— Esta noite não, Rhadopis.

Ela olhou para ele com estranheza e perguntou:

— Mas por quê, meu senhor?

— Porque tem gente me esperando há algum tempo no palácio.

— Que gente, meu senhor?

O Faraó riu e disse com desdém:

— Tenho uma reunião com o chefe dos ministros agora. A verdade, Rhadopis, é que desde o incidente da águia que sou refém de uma intensa ansiedade. Queria visitar seu palácio há mais tempo, mas quando vi que esta tarde ia ser como as outras, resolvi prolongar minha ausência para conhecer a dona da sandália dourada.

Assombrada, Rhadopis balbuciou:

— Senhor!

Estava surpresa com o descaso do rei por ter atrasado uma reunião importante — daquelas que podem determinar o destino de um país —, para ver uma mulher que ocupou seu coração por uma hora. Na verdade, a ação do rei pareceu-lhe nobre e mágica, sem precedente na história dos poetas e dos apaixonados.

Depois o Faraó levantou-se e disse:

— Agora tenho que ir, Rhadopis. Ah! Que palácio asfixiante! É um cárcere amuralhado de tradições, mas consigo atravessá-las como uma flecha. Estou deixando um rosto formoso para me encontrar com um rosto rancoroso. Será que existe algo mais estranho do que isso? Até amanhã, minha querida Rhadopis, melhor dizendo, até sempre.

Depois de passar aqueles momentos de paixão, o rei partiu com sua magnificência, sua juventude e sua loucura.

O AMOR

À saída do Faraó, Rhadopis suspirou dizendo a si mesma: "Ele se foi." Mas na verdade não foi, porque, se tivesse ido, a estranha sensação que a deixara dividida e confusa, por várias vezes entre o sonho e a realidade, não teria se apoderado novamente de seu íntimo. As imaginações se sucediam em sua memória numa desvairada competição.

Tinha motivos de sobra para desfrutar da felicidade, já que havia alcançado o ápice da glória, montada em seu esplendor, saboreando todas as grandezas com as quais nenhuma mulher na face da Terra tivera a ousadia de sonhar. O adorado Faraó em pessoa fizera-lhe uma visita e ficara enfeitiçado com o seu doce alento. Diante dela, dizia que as teias da paixão incendiavam suas entranhas. Seu amor apaixonado fez coroá-la como uma rainha no trono da glória e da beleza. Tinha, portanto, inúmeras razões para sentir e saborear a felicidade da grandeza. Inclinou levemente a cabeça, fixando o olhar no pé da sandália. Seu coração palpitava de emoção. Foi se inclinando cada vez mais até que seus lábios a tocaram. Fechou os olhos e se entregou aos sonhos, mas foi por pouco tempo, porque a criada Shith adentrou o salão e perguntou-lhe:

— Minha senhora vai dormir aqui?

Rhadopis não respondeu nada. Com a sandália na mão,

levantou-se e foi cambaleando para seus aposentos. A cena suscitou a coragem em Shith para dizer-lhe em tom de tristeza:

— É uma pena ver este lindo salão vazio. Ele, que estava acostumado à música e à dança, encontra-se hoje pela primeira vez sem apaixonados e tresnoitados. Que pena, senhora! Onde está a dança? Onde está o amor? Mas o que prevalece é a vontade da senhora e nada mais.

A bela sequer contestou. Subiu as escadas tranqüila e silenciosamente. Shith, por sua vez, percebendo que suas palavras haviam provocado sua senhora, disse com entusiasmo:

— Eles ficaram tristes e condoídos quando souberam de sua desfeita e trocaram olhares de lamento e decepção. Depois saíram, desolados.

Rhadopis continuou com seu mutismo e, quando entrou em seu luxuoso aposento, correu para o espelho, olhou-se e sorriu com satisfação e alegria; depois falou consigo mesma: "Se o que aconteceu hoje foi um milagre, então esta imagem o é também." Sentia a felicidade invadir-lhe as entranhas. Voltou para Shith e perguntou-lhe:

— Quem você acha que é o homem que me visitou hoje?

— Não sei. Não o conheço, minha senhora. Nunca o vi antes, mas é um jovem muito estranho e com certeza pertence à elite, pois é altivo, distinto e arrojado. Irrompe como o vento, pisa forte e possui um tom autoritário. Não fosse o meu medo, eu diria que ele não carece de...

— De quê? — perguntou a bela.

— De loucura.

— Cuidado com o que fala, Shith!

— Senhora, qualquer que seja a riqueza deste homem, nunca vai superar a dos apaixonados que a senhora dispensou hoje.

— Tome cuidado com suas palavras, Shith! Você pode se arrepender mais tarde!

Perplexa, Shith contestou:

— Será que a riqueza desse homem supera a do comandante Tahu, ou do governador Aana?

— Você é mesmo uma tonta, Shith! Ele é o Faraó! — replicou a bela em tom orgulhoso.

Pasma, a mulher fixou os olhos no rosto de sua senhora, mexendo seu lábio inferior como se quisesse pronunciar algo, mas acabou não dizendo nada.

Depois, a bela riu e disse-lhe:

— Ele é o Faraó, o Faraó em pessoa, Shith! Portanto, tome cuidado com o que diz! Agora vá e desapareça de minha frente, porque quero ficar sozinha.

A bela fechou a porta e foi até a janela que dava para o jardim. Àquela altura o véu da noite já encobria o universo, as estrelas começavam a cintilar no firmamento, e as tochas penduradas nos galhos das árvores começavam a clarear aquele ambiente do jardim. A noite era encantadora, e Rhadopis tratava de saborear tal beleza. Pela primeira vez em sua vida, sentia que a solidão era agradável, muito mais agradável do que os encontros com seus apaixonados. Seu silêncio lhe fazia ouvir a si mesma e aos murmúrios dos corações. Suas lembranças suscitavam outras lembranças, fazendo seu coração bater aturdido; conduzindo-a a um passado longínquo, antes mesmo de ser coroada rainha dos corações apaixonados no trono de Bija e de se transformar em um destino inevitável para todos.

Rhadopis era uma camponesa, a formosa que brotara por entre as frescas ervas campestres como uma bela flor; e ele era um marinheiro de voz doce e pernas bronzeadas. Não lembrava de ter se entregado a nenhum outro homem por amor. As praias de Bija assistiram a um espetáculo nunca visto antes. Ele a convidou para a sua embarcação, e ela aceitou o convite. Com isso, as ondas levaram-na da ilha de Bija até o extremo sul. A partir de então, desligou-se do campo e de todos os camponeses. Mas o marinheiro desapareceu de sua vida de repente. Ela, por sua vez, sequer soube se ele se perdera, fugira ou morrera. Então se viu sozinha. Não, não estava sozinha, porque sua beleza a acompanhava, e não saiu para a vida mundana. Foi acolhida por um homem de meia-idade, barba longa e coração fraco, que logo veio a falecer. A morte dele proporcionou-lhe uma grande fortuna, e a partir de então sua luz ofuscante começou a inflamar os corações dos homens, que eram atraídos por ela como loucas mariposas e atiravam a seus pezinhos corações jovens e com muito dinheiro. Desta feita, foi coroada a rainha dos corações no trono do palácio de Bija. Assim foi Rhadopis... Quantas lembranças!

Como seu coração morreu depois de tudo isso? Qual dessas três coisas poderiam tê-lo matado? A tristeza, o orgulho ou a glória? Escutava as palavras de amor com ouvidos surdos e coração fechado. O comandante Tahu, por exemplo, estava perdidamente apaixonado por ela, e a única coisa que queria era fazer vibrar aquele corpo frio.

Esteve entregue às recordações por um bom tempo, e

essas recordações foram como uma espécie de chamada, que poderia aproximá-la dos momentos mais felizes e extraordinários de sua vida.

O tempo passava sem que ela se desse conta de nada, não sabia se haviam passado horas ou minutos, até que ouviu alguns passos. Apreensiva, olhou para a porta que se abria e viu Shith entrar com respiração ofegante, dizendo:

— Minha senhora... Ele está aqui, está vindo atrás de mim.

Ela o viu adentrar tranqüilo, como se estivesse em seus próprios aposentos. Não obstante, exclamou com muita satisfação:

— Senhor!

Shith fechou a porta devagarinho e saiu. O rei lançou um ligeiro olhar ao belo aposento e perguntou, sorrindo:

— Será que devo pedir desculpas pela minha intromissão?

Ela respondeu com satisfação:

— Tanto o aposento como a sua dona pertencem a Vossa Majestade.

Ele riu de forma sugestiva. Seu riso era jovem e alto, cheio de vida. Pegou-a pelo braço e a levou até o divã; sentou-se a seu lado e disse:

— Temia que já estivesse dormindo.

— O sono... Quero dizer que o sono não se apresenta numa noite como esta, cheia de felicidade. Parece que estamos de dia, com toda a sua luz.

O rei, com ar de seriedade, disse:

— Então nos queimaremos juntos.

Ela nunca tinha experimentado tanta felicidade. Seu coração nunca estivera tão aberto e tão vivo para o amor. Enfim, nunca sentira o doce sabor de se entregar a alguém, salvo a este extraordinário homem. Ele estava certo quando disse que ela estava se queimando, mas ela não disse nada; contentou-se apenas em olhar para ele de forma expressiva, aliada ao carinho e à sinceridade.

— Não imaginei que pudesse voltar ainda esta noite — disse Rhadopis.

— Nem eu. É que a reunião estava tão maçante e insuportável que não conseguia me concentrar e cheguei a sentir uma grande angústia. O homem me apresentou vários decretos, e acabei endossando grande parte deles. Na verdade, eu estava disperso e, depois de sentir um certo acabrunhamento, pedi-lhe que tratássemos disso amanhã. Eu nem estava pensando em voltar para cá esta noite, pois queria ficar sozinho para meditar. No entanto, quando adentrei meus aposentos, a noite me parecia insuportável, e a solidão, asfixiante. Então perguntei a mim mesmo: Por que esperar até amanhã? Eu não tenho o costume de reprimir meus sentimentos; por isso não hesitei em voltar para cá o mais rápido possível.

E que feliz costume! Ela estava colhendo o melhor de seus frutos, sentindo uma extraordinária alegria ao seu lado. Ele, por sua vez, estava inquieto e preocupado com a vida e seus deleites. Então ele disse:

— Rhadopis... Que nome bonito! Ecoa como uma linda música em meus ouvidos e tem um significado amoroso no meu coração. Mas esse amor é algo muito estranho mesmo! Como pode derrubar um homem, cujas noites estão repletas de beleza de todas as classes e gostos? É realmente muito estranho. O que é esse amor? É uma angústia que dilacera meu coração, um canto divino que eleva ao ponto mais sublime da minha alma, uma ternura que dói. Esse amor é você. Você é tudo que se manifesta na vida e na alma. Está vendo o meu corpo forte? Ele precisa de seu amor, tanto como aquele que está se afogando precisa de ar.

Rhadopis compartilhava de seus sentimentos e acreditava que ele fosse sincero. Ele começou a descrever um coração e acabou descrevendo dois. Como ele, a bela escutava o hino divino e contemplava sua imagem em todas as manifestações da vida e da alma. Suas pálpebras estavam carregadas de sonhos e prazeres. Não demorou muito para que seus cílios o tocassem. Então ele perguntou com carinho:

— Por que está calada, Rhadopis?

Ela olhou-o com ternura e disse:

— Falar para quê, meu senhor, se todas as vezes em que eu falei meu coração estava morto. Mas agora ele está vivo, absorvendo suas palavras como a terra absorve o calor do sol para viver.

Satisfeito com a resposta, o rei sorriu e disse:

— O seu amor me afastou de um mundo cheio de mulheres.

Em tom jocoso, Rhadopis retribuiu:

— E a mim me afastou de um mundo cheio de homens.

— Enquanto me debatia com minha indecisa vida, você estava aqui, bem perto de mim. Que lástima! Eu tinha que tê-la conhecido há alguns anos.

— É que nós dois esperávamos que a águia fosse determinar a distância que nos separava — disse Rhadopis.

Ele cruzou as mãos com força e acrescentou:

— Sim, Rhadopis, o destino esperou que a águia traçasse o rumo da mais bela história de amor. Não duvido que a águia tenha prolongado o nosso amor para a eternidade. A partir de agora não devemos nos separar, pois o melhor da vida é estarmos juntos.

Ela suspirou profundamente e disse:

— Sim, meu senhor, não devemos nos separar nunca. Entrego-lhe o meu coração como um vergel frondoso, para que desfrute dele onde quer que esteja.

O Faraó pegou a mão de Rhadopis e apertou carinhosamente, dizendo:

— Então venha, Rhadopis, e faça com que este palácio apague o passado traiçoeiro. Hoje eu vejo que cada dia que perdi antes de conhecê-la foi uma punhalada desferida contra a minha felicidade.

Embora estivesse inebriada de felicidade, algo começava a preocupá-la. Então perguntou-lhe:

— Acaso o meu senhor pretende me levar para o seu harém?

O Faraó balançou a cabeça e respondeu-lhe:

— Terá nele um lugar de destaque.

Baixou os olhos, pensativa, sem saber o que dizer. O Faraó, incomodado com seu silêncio, levou a mão direita até seu queixo formoso, levantou-lhe o rosto e perguntou:

— O que há com você?

— Por acaso isto é uma ordem, senhor? — perguntou ela, meio que hesitante.

Para ele, a palavra ordem caiu como um grande peso no coração. No entanto, retrucou, dizendo:

— Ordem? Não é nada disso, Rhadopis. Esta palavra não combina com a linguagem do amor. Eu nunca quis renunciar à minha personalidade, nunca fui aquele homem que traça seu rumo sem pedir ajuda, nem aquele homem que consegue tudo na base da sorte. Portanto, esqueça o Faraó e me responda: quer vir comigo?

Temendo que seu silêncio e também sua hesitação fossem mal interpretados, Rhadopis respondeu com sinceridade:

— Quero sim, meu senhor. É o que mais quero na vida. A verdade é que nunca amei a vida com tanta sinceridade como agora. A vida, hoje, tem um valor muito grande para mim, um valor que me faz sentir o amor de um rei, que enche a minha alma de felicidade com sua presença. Por acaso os apaixonados não possuem uma espontaneidade que os obriga a ser sinceros? Meu senhor pode fazer perguntas sobre o coração de Rhadopis, que ele responderá prontamente sem titubear. No entanto, eu me pergunto: Por que fechar as portas deste palácio para sempre? Ele sou eu mesma, e meu senhor deve amá-lo como me ama. Não há um lugar neste palácio que não tenha a minha marca: meu retrato, meu nome, minha estátua... Como eu poderia abandonar um palácio por onde a águia passou para levar ao meu senhor a mensagem de um amor eterno? Como poderia deixar um palácio onde meu coração bateu de paixão pela primeira vez? Como poderia deixar um palácio que recebeu a visita do próprio rei com toda sua majestade? Onde quer que seus pés pisem, que este lugar — como o meu coração — exista somente para meu senhor e que suas portas nunca sejam fechadas.

O rei ouvia atenta e carinhosamente as palavras de Rhadopis. Sua alma se resignava a cada palavra por ela proferida. Depois acariciou-lhe as tranças, abraçou-a com paixão e deu-lhe um beijo na boca, tão ardente que umedeceu os lábios com um suco delicioso. Em seguida, disse-lhe:

— Rhadopis, amor amalgamado na minha alma: as portas deste palácio não se fecharão, nem seus aposentos ficarão escuros. Enquanto vivermos, será um recanto de amor, um paraíso de paixões, um jardim para semearmos nossas recordações. Farei dele um púlpito de amor e cobrirei seu solo e suas paredes de ouro puro.

Depois de ouvir estas palavras, seu rosto resplandeceu e, abrindo um sorriso de felicidade, Rhadopis disse-lhe:

— Que a vontade de meu senhor se faça cumprir. Juro pelo meu amor que irei amanhã ao templo do deus Sótis, para me purificar com o azeite sagrado. Quero me livrar desse passado de tormentos e voltar do templo com uma alma nova e purificada como uma flor que brota da terra para abraçar os raios do sol.

O Faraó pegou a mão de Rhadopis e puxou-a para seu peito e, olhando-a nos olhos, disse:

— Rhadopis, hoje eu sou um homem feliz. E que os deuses e o mundo sejam testemunhas dessa felicidade. Minha vida, oh, que vida! Olhe para mim que quero dizer-lhe uma coisa: o negrume de seus olhos é mais aprazível do que toda a luz do universo.

Naquela noite, a ilha de Bija dormiu com o amor tresnoitando em seu palácio branco, até que a escuridão se transformou no azul sonhador do amanhecer.

À SOMBRA DO AMOR

Rhadopis despertou no meio da manhã. Fazia muito calor. O sol emitia seus raios ardentes, difundindo uma luz abrasadora pelo universo. Sua fina túnica estava colada em seu corpo delicado. Algumas madeixas de seu cabelo repousavam sobre seu peito, e outras, sobre a almofada.

Foi um despertar feliz, que só fez reavivar no coração as mais belas recordações. Seu coração era um vasto campo que nutria a felicidade. O ambiente a seu redor estava perfumado com o aroma das flores, e a vida sorria de emoções e de alegria. Ela estava ali, curtindo seus próprios sentimentos de felicidade, como se descobrisse um mundo novo e belo, como se nascesse de novo.

Estava ainda deitada e, quando virou-se para o lado, viu que a marca da cabeça do Faraó ainda estava na almofada. Seus olhos emitiam as mais belas expressões de amor e ternura. Beijou a almofada e balbuciou com alegria: "Como tudo é maravilhoso! Quanta felicidade estou sentindo!"

Ficou sentada na cama por alguns instantes e depois levantou-se — como fazia todas as manhãs —, ativa, alegre e bem-humorada como um gracioso chiste. Banhou-se com água fria e se perfumou com água de rosas; depois se vestiu e foi para a mesa tomar o desjejum. Comeu ovos, pão e tomou um copo de leite e outro de cerveja.

Partiu em sua embarcação rumo a Abu, para visitar o templo do deus Sótis. Ao chegar lá, entrou por um grandioso portal com humildade no coração e a alma cheia de esperanças. Deu uma volta pelo interior do templo, implorando perdão em suas paredes e colunas adornadas com inscrições sacras. Aproximou-se da caixa de donativos e depositou o quanto cabia na mão. Em seguida, visitou a sala da sacerdotisa-mor e pediu-lhe que a lavasse com o azeite sagrado, para purificá-la das máculas e dos dissabores da vida por que passara e livrar seu coração da teimosia e dos maus caminhos. No momento de sua purificação pelas sacerdotisas, sentiu que estava sepultando, sem piedade, o corpo da formosa e libertina Rhadopis, que caçoava dos homens e torturava suas almas; dançava sobre os despojos de suas vítimas e de seus corações derretidos.

Quando terminou, sentiu que um sangue novo começava a correr em suas veias e fazia palpitar em seu coração e em seus sentidos felicidade, pureza e tranqüilidade. Depois rezou de joelhos com fervor e olhos cheios de lágrimas. Por fim, rogou ao deus que abençoasse seu amor e sua nova vida. De tanta felicidade, voltou para o palácio sentindo-se como um pássaro voando pelo céu brilhante. Shith a recebeu com muita alegria, mostrando um ar de que lhe daria uma boa nova:

— Parabéns por este dia, minha senhora. Sabe quem esteve no palácio durante sua ausência?

— Quem? — perguntou Rhadopis com o coração palpitando de alegria.

A criada disse:

— Os mais conceituados artesãos do Egito. Eles vieram

a mando do Faraó. Estiveram olhando os cômodos, os corredores, as salas de recepção e mediram a altura das janelas e das paredes para fazer um mobiliário novo.

— É verdade?

— Sim, senhora. Dentro de pouco tempo, este palácio vai ser a maravilha dos tempos. Que coisa boa! Vai ser um bom negócio!

Desconfiando das palavras da mulher, Rhadopis perguntou, franzindo as sobrancelhas:

— A que negócio se refere, Shith?

A mulher respondeu, piscando o olho:

— Ao negócio do novo amor. Porque agora eu posso jurar pelos deuses que meu senhor se equipara a toda uma nação de ricos. Tenho certeza de que a partir de hoje não sentirei falta dos comerciantes de Mênfis, nem dos comandantes do sul.

Rhadopis ficou tão irritada que seu rosto enrubesceu. Então gritou, encolerizada:

— Desgraçada! Só que dessa vez eu não estou fazendo nenhum negócio!

— Coitada de mim! Se eu tivesse um pouquinho de coragem, teria lhe perguntado o que estava fazendo então.

Rhadopis respirou fundo e replicou:

— Cale essa boca de uma vez por todas! Será que não percebe que estou levando muito a sério esse assunto?

A criada fixou os olhos no rosto formoso de sua senhora e se calou por um instante. Depois disse:

— Que os deuses a abençoem, senhora. Estou completamente confusa com toda essa situação. Daí me pergunto:

por que a minha senhora estaria levando essa situação com tanta seriedade?

E novamente Rhadopis respirou fundo, sentou-se em seu confortável divã e respondeu-lhe em voz baixa:

— Estou apaixonada, Shith.

A criada ficou perplexa, bateu no peito e perguntou um tanto temerosa:

— Minha senhora está apaixonada?

— Sim, estou apaixonada, mas por que esse temor todo?

— Perdão, minha senhora, mas como veio parar aqui esse novo convidado, cujo nome nunca foi mencionado? Quero dizer, a senhora nunca falou dele.

Rhadopis respondeu, sorrindo, como se estivesse sonhando:

— O que há de estranho nisso? Sou mulher, e uma mulher que se apaixona é perfeitamente natural.

A criada retrucou, fazendo uma referência ao coração de sua senhora:

— Mas aqui não, porque sei que o coração da senhora é uma fortaleza inexpugnável. Agora, diga-me como foi tomada, diga-me, pelos deuses!

Os sonhos se desenharam nos olhos de Rhadopis, e as lembranças incitaram mais sentimentos em sua alma. Murmurando, ela disse:

— Estou amando, Shith, e o amor é uma coisa maravilhosa. Não sei em que momento este amor abriu meu coração nem como atingiu as profundezas da minha alma. Isso causa uma grande confusão em minha mente, apesar de meu coração conhecer a realidade, pois palpitou muito fortemente quando viu o rosto dele e ouviu sua voz. Nunca pensei que palpitasse por alguém dessa maneira. Mas algo me diz que esse homem é o dono deste coração, sem qualquer rivalidade, porque me sinto como se estivesse submersa em sentimentos de uma violenta, doce e dolorosa força. No momento que o vi, tive uma sensação súbita de que ele tinha que ser para mim como meu coração o é, e eu seria para ele como sua alma. É difícil imaginar uma vida boa ou uma existência prazerosa sem essa combinação.

Ofegando, Shith comentou:

— A senhora me deixou perplexa.

— Sim, Shith. Quantas vezes desfrutei da liberdade absoluta, colocando-me no topo da colina para observar um mundo tão vasto e estranho? Quantas longas noites veladas eu passei com dezenas de homens, deleitando-me de suas conversas, admirando as obras de arte e me divertindo com suas canções e obscenidades. Contudo, meu coração era dominado por um tédio irremediável. A solidão me rondava, tirava de mim toda a tranqüilidade. Mas agora, Shith, minhas esperanças se estreitaram, resumiram-se a um único homem, e ele é o meu dono, a minha vida, a vida que veio expulsar de vez todo aquele tédio e aquela solidão, para infundir-lhe luz e alegria. Se ontem eu perdi minha alma no vasto mundo, hoje posso dizer que a reencontrei no homem que amo. Você percebe o que é o amor, Shith?

Muito impressionada, a criada balançou a cabeça e comentou:

— Realmente, o amor é uma coisa maravilhosa. Talvez seja mais aprazível do que a própria vida. Às vezes eu me pergunto como eu me sentiria com o amor, se o amor é para mim como a fome, e o homem é como a comida, ou por outra, se o meu desejo pelos homens é exatamente igual ao meu desejo pela comida. Não sei... Acho que deve ser algo assim.

Rhadopis deu um riso tão delicado que parecia o som de uma lira. Levantou-se e foi para a sacada que dava para o jardim. Logo depois mandou a criada trazer o instrumento de corda, pois queria tocar e cantar. Não poderia ser de outra forma, uma vez que o mundo inteiro estava entoando uma magnífica canção.

Shith se ausentou momentaneamente e voltou trazendo o instrumento. Entregou-o para sua senhora e disse:

— Minha senhora poderia deixar a diversão para mais tarde?

Rhadopis, desta vez usou de singeleza e perguntou:

— E por quê?

— Um dos criados me pediu para avisar a senhora que tem um homem lá embaixo querendo entrevistá-la.

Imediatamente, o desânimo se estampou no rosto de Rhadopis, que perguntou com frieza:

— Ele é algum conhecido?

— Bem, o criado diz que ele veio por recomendação do escultor Hanfar.

Com isso, Rhadopis se lembrou do que dissera o escultor Hanfar dois dias atrás, a respeito de seu discípulo, o qual o substituiria na decoração da sala de verão. Então disse para Shith:

— Traga-o para cá.

Rhadopis se sentiu incomodada com isso. Pegou o instrumento e começou a tocar com raiva uma canção pouco harmoniosa. Não demorou muito para Shith voltar acompanhada de um jovem discípulo, que inclinou a cabeça respeitosamente e disse com delicadeza:

— Que os deuses outorguem um dia feliz para minha senhora!

Rhadopis deixou o instrumento de lado e começou a esquadrinhar o discípulo de Hanfar, que era um jovem de estatura mediana, magro, moreno e de belos traços. Tinha olhos grandes e atraentes, que suscitavam pureza e ingenuidade. A pouca idade e a pureza de seus olhos chamaram tanto a atenção de Rhadopis que ela perguntou, impressionada:

— É verdade que você vai concluir a obra do grande escultor Hanfar?

Rhadopis já estava mais tranqüila com a presença do jovem escultor, e a raiva já tinha passado. Então perguntou-lhe:

— Quer dizer que você é o discípulo recomendado pelo escultor Hanfar para decorar a sala de verão?

O jovem escultor respondeu com certo acanhamento, sem saber se olhava para Rhadopis ou para o chão da sacada:

— Sim, senhora.

— Muito bem! E como se chama?

— Benamon, Benamon Ben Bassar.

— Benamon... E quantos anos você tem? Parece-me muito jovem.

Ruborizado, o rapaz respondeu:

— Faço 18 no mês que vem.

— Acho que você está exagerando, não?

O jovem replicou com sinceridade:

— Absolutamente, senhora. Estou falando a verdade.

— Pois parece um menino, Benamon.

Os olhos grandes do rapaz tremiam de tanto nervosismo, pois temia que fosse impedido de trabalhar por causa de sua pouca idade. Ela, percebendo isso, sorriu e disse:

— Não fique preocupado, Benamon, pois sei que o talento do escultor está em suas mãos, não em sua idade.

Ele replicou com entusiasmo:

— Meu mestre confia no meu trabalho, por isso me recomendou.

— Você fez algum trabalho importante antes? — perguntou ela.

— Sim, minha senhora, decorei parte da sala de verão do palácio de Aana, governador de Bija.

— Você é um menino muito talentoso — disse ela.

Seu rosto ruborizou outra vez, e em seus olhos brilhou a luz da alegria, envolvendo-o numa felicidade arrebatadora. Rhadopis chamou Shith e ordenou-lhe que o acompanhasse até a sala de verão. Antes de sair, o rapaz, ainda meio desconcertado, disse:

— Eu preciso que a senhora pose para mim todos os dias, na hora que desejar.

Ela respondeu:

— Eu já estou acostumada a esse tipo de coisa. Acaso minha escultura vai ser de corpo inteiro?

— Ou de meio corpo. Pintando o rosto, talvez seja o suficiente. De uma forma ou de outra, isso faz parte de um esboço geral da decoração.

Depois de dizer estas palavras, inclinou-se para ela e acompanhou a criada até a sala de verão.

A mulher lembrou das palavras de Hanfar e pensou com ironia: acaso passa pela cabeça de Hanfar que o palácio que pediu para abrir para seu discípulo teria sua entrada proibida para ele?

Ela ficou satisfeita com a boa impressão deixada pelo ingênuo rapaz. Talvez tenha lhe provocado um sentimento novo, um sentimento nunca vivido antes: o do instinto materno.

Sentiu compaixão pelo encanto e pela magia de seus olhos, que ninguém jamais conseguiria esquecer, e prometeu aos deuses, com toda a sinceridade, que iria preservar a tranqüilidade e a pureza do rapaz, colocando-o a salvo de todos os infortúnios.

BENAMON

Lá pelo meio da manhã do dia seguinte, Rhadopis se dirigiu para a sala de verão conforme o combinado. Encontrou Benamon com a expressão absorta e pensativa, sentado a uma mesa sobre a qual havia uma folha de papiro, desenhando figuras variadas. Quando percebeu a presença dela, largou a pena e ficou de pé para reverenciá-la. Rhadopis, por sua vez, saudou-o com um sorriso e disse:

— Esta hora da manhã será dedicada a você, pois é a única que tenho livre durante o dia de hoje.

O jovem escultor respondeu timidamente:

— Obrigado, senhora, mas não vamos começar hoje, porque estou esboçando uma idéia geral da decoração.

— Ah! Então você me enganou, rapaz.

— Nada disso, senhora. É que tive uma idéia maravilhosa.

Com ar irônico, Rhadopis esquadrinhou os olhos do rapaz e perguntou:

— Será que essa cabecinha consegue mesmo conceber alguma idéia maravilhosa?

Benamon ficou com a cara no chão. Ruborizado mais uma vez, respondeu, apontando para a parede direita da sala:

— Este espaço aqui será preenchido com o rosto e o pescoço da senhora.

— Que horror! Acho que vai ficar muito feio.

— Ficará formoso como o original.

O rapaz se expressou dessa maneira por pura ingenuidade. Imediatamente ela lançou um olhar esquadrinhador, e isso só fez piorar as coisas, pois criou uma grande confusão na cabeça dele; e seus límpidos olhos ficaram atônitos. Depois ficou com pena dele e, desviando o olhar para a alberca, pela porta leste da sala, disse para si mesma: quanta inocência desse rapaz! É como uma virgem pura.

No coração de Rhadopis fervia uma ternura estranha, que fazia despertar a maternidade adormecida nas profundezas de sua alma. Quando voltou a olhar para o rapaz, viu que estava trabalhando sem qualquer concentração. A prova disso é que ele estava visivelmente aéreo e ruborizado. Rhadopis pensou consigo mesma: não seria melhor eu sair daqui e deixá-lo sozinho? Sentia necessidade de falar com ele e, obedecendo a sua necessidade, resolveu perguntar-lhe:

— Você é do sul?

O jovem levantou a cabeça, e imediatamente seu rosto se iluminou com uma exuberante alegria. Então ele disse:

— Sou de Âmbus, senhora.

— Âmbus? Então você é da parte norte do sul. Agora diga-me como conheceu Hanfar, sendo ele de Bilaq.

— Meu pai era amigo dele, e quando o mestre Hanfar soube da minha afeição pela arte mandou-me para cá com algumas recomendações.

— E seu pai é artista também?

O jovem se calou por um instante, depois respondeu:

— Não. Meu pai era o médico mais conceituado de Âmbus Era um excelente químico e mumificador. Suas experiências são numerosas no campo da mumificação e da composição de venenos.

Pelo teor de suas palavras, a mulher compreendeu que o pai dele havia falecido. Não obstante, ela ficou impressionada com a composição de venenos e perguntou:

— E ele elaborava esses compostos de veneno para quê?

Benamon respondeu, entristecido:

— Para fazer remédio e vender para os médicos. Mas, infelizmente, foram os próprios medicamentos que causaram sua morte.

— Como foi isso, Benamon? — perguntou ela, com bastante interesse.

— Uma vez meu pai elaborou um composto de veneno muito estranho, e a partir daí começou a se vangloriar, dizendo: "Este veneno é o mais sofisticado de todos, pois acaba com a vítima em poucos segundos." Por isso o chamou de veneno feliz. Mas a desgraça maior veio a ocorrer quando ele passou uma noite inteira trabalhando sem parar em sua oficina de experimentos. No dia seguinte, foi encontrado sentado na sua cadeira, sem vida, e ao seu lado havia um frasco aberto daquele veneno letal.

— Que coisa estranha! Teria cometido um suicídio?

— Creio que sim. Ele deve ter tomado uma dose daquele poderoso veneno. Mas o que o teria levado a suicidar-se? O segredo de seus experimentos se enterrou com ele. Todos nós acreditamos ter sido uma alma satânica que apoderou-se dele num momento de cansaço físico e mental, afligindo toda uma família.

Tomado por uma profunda tristeza, o jovem baixou a cabeça e se calou. Rhadopis pediu-lhe desculpas por ter trazido à tona um assunto tão doloroso. Depois perguntou:

— Sua mãe é viva?

— Sim, senhora, ela vive no nosso palácio, em Âmbus. Mas quanto à oficina de meu pai, ninguém mais pôs os pés lá, desde aquela noite desgraçada.

A mulher continuou pensando na estúpida morte do médico Bassar e em seus venenos depositados naquele confinado lugar.

Benamon era o único homem estranho que aparecia no horizonte de Rhadopis, um horizonte cheio de amor e tranqüilidade; era também o único homem que roubava uma hora do tempo que ela dedicava ao amor a cada manhã. Ele, por sua vez, nunca a incomodou, porque era discreto como um espectro. Os dias passavam. Enquanto ela estava mergulhada no amor, ele estava ocupado com seu trabalho, e a sublime vida artística se propagava pelas paredes da sala de verão.

Rhadopis gostava de ver como a mão do jovem fazia infundir uma vida de extraordinária beleza e acabou se convencendo de sua grande capacidade e que no futuro próximo herdaria o talento do escultor Hanfar. Um dia, ela perguntou a ele, enquanto se preparava para sair, após ter posado sentada durante uma hora na sala de verão:

— Você não se cansa nem se aborrece com esse trabalho, não é?

Benamon sorriu com orgulho e respondeu:

— Claro que não.

— É como se uma força satânica o impulsionasse para ele.

O rosto de Benamon se iluminou com um leve sorriso. Depois ele respondeu calma e ingenuamente:

— Esta força é do amor.

O impacto desta palavra fez vibrar o coração de Rhadopis e despertou nele as melhores recordações; trouxe-lhe à memória a imagem de uma amada envolta por uma auréola de suntuosidade e grandeza. Ele nem desconfiou do que começava a brotar na alma de Rhadopis. Então perguntou-lhe:

— Minha senhora sabe que arte é o amor?

— É verdade!?

Benamon apontou para o alto da fronte, onde o desenho do rosto já se evidenciava na parede, e exclamou:

— Aqui está a minha alma pura.

Ela retrucou com ironia, controlando seus sentimentos:

— Mas isso aí é uma pedra! Não tem sentimento nenhum.

— Era pedra antes de ser tocada pelas minhas mãos; mas agora é minha alma.

Ela riu e disse, enquanto saía:

— É um apaixonado de si próprio!

A partir daquele momento, ele deixou claro que não gostava apenas de si mesmo.

Rhadopis foi caminhando com vagar e sem direção pelo jardim, sentia em sua feliz e sonhadora mente uma curiosidade louca. De repente, decidiu voltar para a sala de verão. Não obstante, sua tendência à diversão induziu-a a subir para o topo da colina, no bosque dos sicômoros. Dali, dirigiu seu olhar para a janela da sala e pôde ver o seu rosto, que já estava em sua fase final, na parede da frente. Viu o jovem artista junto à parte baixa da parede. Pensava encontrá-lo absorto em seu trabalho, como de costume; no entanto, o rapaz estava ajoelhado, com as mãos cruzadas no peito e de cabeça levantada, como se estivesse mergulhado em uma oração. Mas a verdade é que ele estava com a cabeça direcionada para a imagem de Rhadopis, que tinha acabado de ser esculpida.

Temendo ser vista, Rhadopis achou por bem esconder-se atrás da árvore, para observá-lo furtivamente, embora assustada. Em seguida, viu o rapaz levantar-se para enxugar os olhos com a manga da túnica, como se tivesse terminado de rezar. Ela ficou assustada com isso, mas permaneceu quieta por alguns instantes. O silêncio era absoluto, e só se ouvia de vez em quando o bater de asas dos patos que nadavam na superfície da água. Deu alguns passos para trás e correu para o palácio.

Aconteceu o que ela mais temia. Afinal de contas, tinha sido demasiadamente compassiva com ele. Os sintomas se evidenciavam em seus límpidos olhos toda vez que a fitava, e ela não conseguia remediá-lo. Ela podia tê-lo evitado, podia tê-lo impedido de entrar no palácio usando qualquer pretexto. E se ela tivesse feito tudo isso, teria resolvido a situação? Não, porque não queria torturar seu elevado espírito. Por isso se comportou dessa maneira, pois estava indecisa e sem saber o que fazer.

Entretanto, sua indecisão não durou muito tempo, pois nada neste mundo poderia mantê-la preocupada por mais de uma hora, visto que todos os seus sentimentos e sensações eram presas do amor e propriedade de um amante ambicioso e insaciável... que não hesitava em abandonar seu mundo e seu próprio palácio para ir voando para o palácio dos sonhos. Os dois ignoravam o mundo, refugiavam-se em suas almas repletas de amor, entregavam-se à magia e ao encanto da paixão, queimavam-se com seu fogo, e eram testemunhas de sua onipotência e esplendor os aposentos, o jardim e os pássaros.

A maior preocupação do rei naqueles dias era descobrir se Rhadopis, ao despedir-se dele pela manhã, não lhe perguntou se estava com saudade de seus olhos ou de seus lábios; ou lembrar, ainda, voltando ao palácio, que não beijou sua perna direita como fez com a esquerda. O fato o induzia, às vezes, a retroceder para expulsar de sua vida todos aqueles motivos de preocupação.

Foram dias inesquecíveis.

KHANUM HOTEP

O tempo que proporcionava a alguns felicidade e prudência era adverso ao ministro-chefe e grande sacerdote Khanum Hotep, que vivia na casa do governo, observando o desenrolar dos acontecimentos com visões pessimistas; ouvia os rumores com atenção e tristeza, depois dava conselhos para si mesmo.

E o decreto que o rei havia promulgado para confiscar as terras dos templos perturbava-lhe a vida e punha em seu caminho obstáculos que lhe impediam de trabalhar junto ao governo. Recebiam-no com dor e com certo medo até mesmo os sacerdotes, cuja maioria já tinha apresentado, por escrito, algumas manifestações e súplicas ao conselheiro-mor e ao próprio ministro.

O ministro percebeu que o rei já não lhe dedicava nem a décima parte do tempo de antes, pois raramente lhe concedia entrevistas relativas ao governo. Por conta disso, começaram a surgir rumores de que o Faraó estaria loucamente apaixonado por Rhadopis, a bela do palácio branco de Bija, e de que estaria passando lá as noites. Isso se confirmou quando grupos de artesãos foram vistos dirigindo-se para o palácio da bela. Também foram vistos escravos carregando móveis luxuosos e pedras preciosas. Entre os mais destacados corriam comentários de que o palácio de Rhadopis estava se transformando em um esconderijo de ouro, prata e coral e que suas dependências assistiam a uma paixão desvairada, que impunha ao Egito um gasto exorbitante.

Khanum Hotep era um homem de cabeça grande e olhos fundos. Tinha perdido a paciência, não agüentava mais a passividade. Pensou longamente na questão e resolveu agir com pulso para tentar mudar o rumo dos acontecimentos: mandou uma carta, por intermédio de um mensageiro, para o conselheiro-mor, Sufakhotep, rogando-lhe que o recebesse na casa do governo. Sufakhotep correu para dar-lhe as boas-vindas. Depois de retribuir a saudação, o ministro disse:

— Agradeço ao honorável conselheiro por ter atendido ao meu apelo.

O conselheiro o reverenciou e disse:

— Não meço esforços para servi-lo, senhor.

Os dois sentaram frente a frente. Khanum Hotep, que tinha personalidade forte e nervos de aço, permaneceu em silêncio, ouvindo o conselheiro, apesar das tristezas que corroíam suas entranhas. Depois disse:

— Honorável Sufakhotep, todos nós servimos ao Faraó e ao Egito com lealdade, certo?

— É verdade, grande sacerdote.

Sentindo que era o momento de tocar no assunto, o grande sacerdote prosseguiu:

— No entanto, minha consciência não está nada tranqüila com o desenrolar dos últimos acontecimentos. Tenho passado por muitos problemas e espero, sinceramente, que esta nossa conversa só traga coisas positivas.

— Pelos deuses, grande sacerdote, eu ficaria feliz se isso acontecesse — exclamou Sufakhotep.

O homem balançou a cabeça em sinal de assentimento e disse com sabedoria:

— Nós dois temos que usar de franqueza, pois ela, como diz o filósofo Qáquimna, é o princípio da verdade e da lealdade.

— O nosso filósofo tem razão — assentiu Sufakhotep.

Pensativo, Khanum Hotep ficou calado por um instante, depois disse com certa tristeza:

— Hoje em dia, é muito difícil falar com Sua Majestade, o rei.

O ministro esperava que o conselheiro fizesse algum comentário sobre suas palavras, mas este permaneceu calado. Ele então prosseguiu:

— Vossa senhoria sabe, estimado conselheiro, que várias vezes pedi para falar com o rei, e a resposta que eu recebo sempre é que Sua Majestade não se encontra no palácio.

— Ninguém tem o direito de se meter no que o Faraó faz ou deixa de fazer — respondeu Sufakhotep, em tom reprovador.

O ministro replicou:

— Eu não quis dizer isso, meu caro conselheiro. Todavia, creio que meu cargo de ministro me dá o direito de me encontrar com Sua Majestade de vez em quando, para que eu possa cumprir bem minhas obrigações, não acha?

— Sinto muito, grande sacerdote, mas isso quem tem que resolver é o senhor e o Faraó.

— Mas como fazê-lo se não consigo falar com ele? Não tenho meios de expor a Sua Majestade súplicas que possam encher os pavilhões do governo.

O conselheiro lançou-lhe um olhar sério e replicou:

— Por acaso o senhor quer conversar com o Faraó a respeito das terras dos templos?

— É isso mesmo, honorável conselheiro! — respondeu o ministro com brilho nos olhos. Não obstante, Sufakhotep contestou de imediato:

— O Faraó não quer falar mais sobre esse assunto, pois já deu a palavra final.

— E eu lhe digo que em política não há palavra final.

— Isto é o senhor que diz, portanto não me meta nisso! — interpelou Sufakhotep.

— E por acaso os bens dos templos não são uma herança da tradição?

A partir de então, o conselheiro Sufakhotep começou a ficar irritado, porque percebeu que o ministro o incitava a falar de um assunto que não queria discutir. E para acabar com aquela conversa, retrucou num tom que não deixava margem a dúvidas.

— Respeitarei a decisão de meu senhor, e nada mais!

— O mais fiel ao Faraó é aquele que ouve seus conselhos com sinceridade.

O conselheiro-mor ficou mais irritado ainda com o tom irônico do ministro, mas retrucou com frieza:

— Conheço o meu dever, senhor ministro, portanto estou com a consciência tranqüila.

Khanum Hotep suspirou desesperado, mas manteve a calma e disse com resignação:

— Sua consciência está acima de qualquer suspeita, e saiba que eu nunca duvidei de sua lealdade, nem da sua sabedoria. Talvez isso tenha me levado a pedir-lhe algumas orientações. Agora, se o senhor acha que isso vai contra sua lealdade, então me perdoe, pois não vejo outra saída a não ser deixá-lo. Contudo, me resta apenas uma solicitação.

Sufakhotep olhou para Khanum Hotep com certa estranheza, pois não esperava tal solicitação, ainda que o ministro não tivesse transgredido nenhuma norma. Em seguida, Khanum Hotep disse com muita determinação:

— Estou apresentando essa solicitação na qualidade de ministro-chefe do reino do Egito.

Sufakhotep ponderou com certa preocupação:

— Será que não poderia esperar até amanhã para que eu possa levar pessoalmente ao rei essa solicitação?

— Não, senhor, por favor, não. Eu só queria que a rainha tomasse conhecimento dessa petição e espero que ela me ajude a amenizar essas dificuldades que se interpõem em meu caminho. Portanto, não me faça perder essa oportunidade de ouro, pois quero servir ao rei e à pátria.

Sufakhotep não teve outra saída a não ser aceitar o pedido do ministro e grande sacerdote, Khanum Hotep. Então disse:

— Levarei imediatamente sua solicitação para a rainha.

Em seguida, Khanum Hotep estendeu a mão para ele e disse:

— Estarei esperando o seu mensageiro aqui mesmo.

Quando Khanum Hotep ficou a sós, franziu as sobrancelhas e cerrou os dentes com tanta força que seu largo queixo parecia uma pedra de granito. Andava de um lado para o outro naquele recinto, apreensivo. Não duvidava da lealdade do conselheiro Sufakhotep, mas depositava pouca confiança em seu poder de decisão. Afinal de contas, foi ele que pediu para falar com o conselheiro e sabia perfeitamente que tinha poucas esperanças, mas também não deixou de explorar todas as possibilidades. Instantes depois, começou a se perguntar: será que a rainha vai me conceder essa entrevista? O que faria se ela não o atendesse? Também não poderia menosprezar a rainha, que, sendo uma pessoa inteligente e sensata, resolveria esse arraigado problema e acabaria de vez com as diferenças que existem entre o rei e os sacerdotes. Estaria a rainha a par do mau comportamento do jovem rei? Claro que sim. E isso, com certeza, estaria lhe causando uma dor muito grande. Ela é uma rainha inteligente e uma esposa que compartilha as tristezas e alegrias de todas as esposas. Não seria triste despojar os templos de seus bens para jogar nos pés de uma dançarina? De fato, é um dom bastante desprezível.

No palácio de Bija o ouro se avolumava pelas portas e janelas. Os melhores artesãos iam para lá em grupos para trabalhar dia e noite e se esmeravam na fabricação de mobílias, e decorações, sem falar nos vestidos da senhora. Mas onde... onde está o Faraó? Abandonou sua esposa, seu harém, seus ministros e todos os bens de sua vida para ficar no palácio da encantadora dançarina.

O homem suspirou profundamente e balbuciou com tristeza:

— Quem ocupa o trono do Egito não pode ser libertino.

Ficou absorto em seus pensamentos, mas não por muito tempo, até que um mensageiro passou por ele e entrou no palácio. Isso o deixou ainda mais apreensivo, e, naquele momento, seus lábios começaram a tremer, apesar de sua forte personalidade e de seus nervos de aço. Quando o mensageiro voltou, fez-lhe uma reverência e anunciou em alto e bom som:

— Sua Majestade, a rainha, o espera, grande sacerdote.

Imediatamente, dirigiu-se para seu carro, que o levou depressa para o palácio. Não esperava que o mensageiro o anunciasse tão rápido. Não tinha dúvidas de que encontraria a rainha triste e desolada, amargurando uma terrível solidão; e que estaria suportando pacientemente o desprezo e o abandono, entregando-se ao silêncio, contida em seu orgulho. Tinha o pressentimento de que ela teria a mesma opinião que ele e que veria as coisas da mesma forma que os sacerdotes ou que qualquer pessoa sensata. E que os deuses façam julgar essa inevitável questão.

Quando chegou ao palácio, foi direto ao pavilhão da rainha. Não tardaram em chamá-lo para a entrevista com Sua Majestade, em sua recepção oficial. Foi conduzido até a recepção e, em seguida, dirigiu-se para o trono, onde inclinou-se até que sua fronte tocou as bordas da túnica real. Depois exclamou com profunda veneração:

— Que a paz esteja com a minha rainha, luz do sol e esplendor da lua.

A rainha respondeu com voz amena:

— Que a paz esteja com Khanum Hotep, ministro e grande sacerdote.

O ministro pôs-se de pé e, continuando com a cabeça abaixada, disse em tom humilde:

— A língua do vosso fiel servo é incapaz de agradecer a vossa generosidade em conceder-me esta entrevista.

A rainha respondeu com sua voz doce:

— Sei que se trata de um assunto de suma importância, por isso não hesitei em recebê-lo de imediato.

— Louvada seja a sabedoria de minha senhora. De fato, o assunto é de grande importância e tem a ver com a política do alto escalão do governo.

A rainha permaneceu em silêncio. O homem reuniu suas forças e disse:

— Tenho enfrentado muitos obstáculos nos últimos dias. Por conta disso, cheguei ao ponto de achar que não conseguiria cumprir com minhas obrigações, de forma que satisfizesse a minha consciência e a de meu senhor, o Faraó.

Parou por um momento e lançou um rápido olhar no rosto sereno da rainha, como se quisesse comprovar o efeito de suas palavras, ou até mesmo esperar alguma palavra que o animasse a prosseguir com seu discurso. A rainha, por sua vez, percebendo sua hesitação, tentou animá-lo:

— Vamos, ministro, fale que estou ouvindo.

Khanum Hotep prosseguiu:

— Esses obstáculos são decorrentes daquele decreto real de confiscar a maior parte dos bens dos templos. Em verdade, isso criou uma grande insatisfação entre os sacerdotes, que começaram a remeter cartas de apelo e reclames ao Faraó, porque sabem que as terras dos templos foram piedosamente doadas pelos faraós anteriores e agora temem que essas reclamações sejam interpretadas como difamatórias ou injuriosas.

O ministro fez uma pausa, depois retomou o discurso:

— Os sacerdotes, Majestade, são o exército do rei em tempos de paz, e esta paz necessita de homens com mais determinação do que aqueles que a necessitam em tempos de guerra. Temos nos templos mestres, filósofos, predicadores, governantes e ministros. Todos eles abririam mão de suas propriedades no caso de uma guerra ou de uma seca, mas...

O homem parou de falar mais uma vez, depois prosseguiu em voz mais baixa:

— Mas ficam entristecidos quando vêem que esses bens estão sendo gastos de forma inadequada e sem a menor responsabilidade.

O ministro não quis ir além desta alusão, pois sabia que ela a tinha compreendido, porque estava a par de tudo, tanto que ela não teceu nenhum comentário. A ele só restou, então, apresentar-lhe o feixe de solicitações e de queixas:

— Aqui estão as queixas, Majestade. Elas expressam o sentimento dos supremos dos templos. Meu senhor, o rei, as tem ignorado por completo. Minha senhora gostaria de dar uma olhada nesta lista? Vossa Majestade verá que os que se queixam são pessoas do vosso povo, que prima pela lealdade e que merece mais atenção.

A rainha aceitou as queixas. O ministro as colocou em cima de uma grande mesa e permaneceu em silêncio e de cabeça inclinada. A rainha não prometeu nada a ele, e este, por sua vez, se deu por satisfeito, pois só o fato de a rainha ter aceitado as queixas era um bom sinal. A rainha ordenou-lhe que saísse, e ele se retirou levando a mão aos olhos.

Na volta, o ministro comentou consigo mesmo: a rainha está muito triste. Essa tristeza talvez nos beneficie para resolvermos nossa justa causa.

NITÓCRIS

Quando o ministro saiu, a rainha se viu a sós na grande sala de recepção. Encostou a cabeça no espaldar do trono, fechou os olhos e suspirou profundamente, emitindo um alento ardente, cauterizado pela tristeza e pela dor. Que mulher paciente e forte! Nem os mais chegados a ela se davam conta das chamas que se alojavam, sem piedade, em seu íntimo. Seu rosto transmitia a serenidade de sempre, envolto pelo silêncio, como a esfinge. No entanto, estava a par de todos os acontecimentos, pois vinha acompanhando a tragédia desde o início. Viu como o rei quis enveredar pelo caminho da perdição, vítima de seu tresloucado desejo, correndo para os braços daquela mulher, de cuja beleza todas as línguas falavam.

Seu orgulho foi ferido por uma flecha venenosa, e esta desencadeou um grande conflito entre a mulher de sentimentos e a rainha do trono. Contudo, seu jeito de ser continuava o mesmo, pois a experiência comprovou que ela era como seu pai, de personalidade forte. O trono fundiu o coração, e o orgulho estrangulou o amor. Enfim, ela teve que se curvar à tristeza, tornando-se prisioneira de si mesma, por detrás das cortinas. Desta feita, perdeu a batalha e ficou com as asas quebradas, sem poder lançar sequer uma de suas flechas.

Entretanto, o mais irônico nisso tudo é que os jovens reis tinham se casado há pouco tempo, e esse curto período matrimonial fora o suficiente para desvelar o tresloucado desejo do rei e sua atabalhoada paixão. A prova disso é que o harém não tardou a se encher de escravas e concubinas do Egito, até porque todas elas, juntas, não conseguiriam separá-lo dela, já que, para ele, ela continuava sendo a rainha e a dona de seu coração. Até que apareceu em seu horizonte essa mulher encantadora, que o atraiu para ela violentamente, apoderando-se não só de seus sentimentos, mas também de sua razão, e acabou afastando-o de sua esposa, de seu harém e de seus homens leais. A esperança enganosa a seduziu por um momento e depois a jogou no desespero, um desespero coberto de orgulho, que fez seu coração sentir a agonia da morte.

Às vezes sobrevinha-lhe uma espécie de loucura que lhe fazia ferver o sangue, e em seus olhos brilhava uma luz fugaz, que dava-lhe a sensação de querer saltar, golpear, lutar, para defender seu dilacerado coração. Mas depois de tudo isso dizia para si mesma com desprezo: não é possível que Nitócris tenha que competir com uma mulher que vende seu corpo por algumas peças de ouro. Quando o sangue esfriava, a tristeza se congelava em seu coração e depois se transformava em um veneno letal no estômago.

Não obstante, hoje ela acredita que existam outros corações além do seu, que sofrem por conta da irresponsabilidade do rei. Khanum Hotep, por exemplo, é um deles, que foi manifestar seu descontentamento para ela, dizendo: "Não se deve confiscar os bens dos templos para atender aos caprichos da dançarina Rhadopis." Estava convicta de que centenas de pessoas sábias compartilhavam com ela esse princípio. Será que ela não deveria sair de seu mutismo? Se ela não falar agora, quando o fará? Ela precisa corrigir a loucura do Faraó com sabedoria, e isso ela tem de sobra.

Doía-lhe muito que as maledicências chegassem ao trono. Sentia que seu dever era o de afastar os maus pensamentos e trazer de volta a tranqüilidade. Por isso, resolveu pisar em seu próprio orgulho e avançar com passo firme e muita determinação, invocando ajuda aos deuses.

Ela se sentiu aliviada com esta decisão, engendrada por sua própria sabedoria e também por motivos de foro íntimo. Seu orgulho havia desmoronado após um esforço descomunal. Finalmente, resolveu fazer frente ao rei, com determinação e lealdade.

Saiu da sala de recepção para o aposento real. Passou o resto do dia pensando e refletindo sobre tudo que lhe ocorrera. Teve uma noite entrecortada e muito angustiante. Esperou com impaciência o meio da manhã chegar — era mais ou menos o período em que o rei despertava, por causa de suas noitadas —, e foi com passos firmes até o pavilhão do rei. O andar que ela imprimia chamou a atenção dos guardas, que a reverenciaram. Então, ela perguntou a um deles:

— Onde está Sua Majestade, o rei?

— Em seu aposento privativo, senhora — respondeu o guarda respeitosamente.

Seguiu a passos lentos em direção ao aposento privativo do rei, transpôs a grande porta e parou. O Faraó estava sentado de frente, a uns quarenta palmos da porta. Os olhos da rainha não davam crédito a tanta manifestação de arte e riqueza. O rei se surpreendeu ao vê-la ali, parada, pois haviam passado vários dias depois que se encontraram pela última vez. Perplexo, pôs-se de pé e foi recebê-la com um sorriso que denotava certo nervosismo. Ofereceu-lhe uma cadeira e disse:

— Que os deuses lhe outorguem toda a felicidade do mundo, Nitócris. Se eu soubesse que queria falar comigo, teria ido ao seu encontro.

A rainha tomou o assento tranqüilamente e disse para si mesma: engraçado! Por acaso ele não sabia que mais cedo ou mais tarde eu viria encontrá-lo!? Em seguida, retrucou:

— Não se preocupe com isso, irmão. Para mim não há constrangimento nenhum em vir até aqui, já que é meu dever.

O rei não captou o sentido de suas palavras. Estava de fato numa situação bastante embaraçosa, provocada pela presença da rainha, que mantinha as feições rígidas diante dele.

— Estou envergonhado, Nitócris — disse ele, confessando.

Estas palavras lhe causaram muita estranheza, principalmente quando o viu transbordando alegria e felicidade, como uma flor viva. A rainha conteve seus sentimentos, e retrucou com certo nervosismo:

— Para mim, você pode sentir tudo, menos ficar envergonhado.

O Faraó era extremamente sensível. Qualquer coisa, por menor que fosse, podia alterar seu estado de ânimo. Mordeu os lábios e disse:

— Irmã, o homem é vítima de paixões tiranas e pode se tornar presa de alguma delas.

Esta confissão feriu não só o orgulho, mas também todos os sentimentos da rainha, que exclamou com franqueza, abdicando-se de sua calma:

— Posso jurar por todos os deuses que isso me deixa bastante entristecida, principalmente quando ouço um Faraó falando de paixões tiranas.

O irascível rei sentiu-se alfinetado por suas palavras. Ficou tão irritado que seu sangue subiu-lhe à cabeça e de pronto pôs-se de pé, com expressão ameaçadora. A rainha temia que a fúria do rei pudesse colocar tudo a perder, sobretudo o assunto do qual ela fora tratar. Arrependeu-se de suas palavras e disse-lhe em tom de súplica:

— Você que tocou nesse assunto desde o início, irmão. Eu não vim tratar nada disso. Só espero que essa sua ira passe logo, e aí saberá o motivo da minha vinda até aqui. Na verdade, vim tratar de assuntos importantes, que dizem respeito à política do reino, cujo trono ocupamos juntos para governar.

Ele conteve a raiva e perguntou com aparente tranqüilidade:

— O que quer dizer exatamente, rainha?

Nitócris sentiu que o curso da conversa não levaria a um ambiente favorável a suas pretensões. Então não teve outro remédio a não ser ir direto ao assunto:

— As terras dos templos.

O rei franziu as sobrancelhas e replicou, furioso:

— Você diz as terras dos templos? Pois eu chamaria as terras dos sacerdotes!

— Pode chamá-las como quiser, meu senhor. A troca do nome não muda a realidade.

— Você não sabe que eu odeio conversar sobre esse assunto?

— Eu só estou tentando passar o que os outros não conseguem. Meu único objetivo é apaziguar as partes.

Demonstrando-se muito enojado com a conversa, o rei deu de ombros e perguntou:

— Aonde quer chegar, senhora rainha?

Ela respondeu com calma:

— É que chamei Khanum Hotep para uma entrevista, em resposta a um apelo de sua parte. Eu fiquei ouvindo...

— Você fez isso? — perguntou o rei com raiva, interrompendo-a.

— Sim... Acaso vê em seu comportamento algo que possa merecer a sua raiva? — indagou, assustada.

Como que rugindo, ele respondeu:

— Sem dúvida, sem dúvida. O sacerdote Khanum Hotep é um homem teimoso e se nega a cumprir as minhas ordens. Sei que ele vem articulando as coisas com má-fé, e é claro que aposta na esperança de um dia derrubar o meu decreto. Ele sabe que não quero ouvi-lo. Ora, ele fica apelando, suplicando, ora incitando os sacerdotes a apresentarem queixas e reclames. Não posso esquecer o dia em que os induziu a aclamar seu nome desprezível no dia da festa do Nilo... A pessoa falsa vai sempre buscar os caminhos da disputa e inimizade.

Ela retrucou, espantada com sua opinião:

— Você sempre desconfiou desse homem. Creio que ele seja, hoje, a pessoa mais leal ao trono. Khanum Hotep é um sábio, pois está sempre buscando o diálogo. Não é natural que ele fique triste com a perda de alguns privilégios que os sacerdotes conseguiram de nossos antepassados?

O coração do rei ferveu de cólera, pois não admitia desculpas para alguém que não acatasse suas ordens, seja de forma secreta ou manifestada; e não aceitava que alguém tivesse opinião diferente da sua. Exasperado, replicou em tom de amarga ironia:

— Para mim, esse vivaz conseguiu fazer a sua cabeça, rainha.

— Não, isso não! Eu sempre achei que esse confisco dos bens dos templos seria uma injustiça, porque não vejo necessidade para tanto — retrucou, muito sentida.

— Então você está incomodada com o aumento da nossa fortuna, não é isso? — perguntou o Faraó, cheio de cólera.

Como se atreve a dizer isso, se ele sabe perfeitamente para onde estão indo essas riquezas?

A pergunta do Faraó incitou a raiva que sufocava o íntimo da rainha. Vencida por seus sentimentos, replicou, indignada:

— Qualquer pessoa de bom senso ficaria incomodada com o confisco de terras que pertencem aos sábios, mormente quando sabe que essa renda está sendo desperdiçada com libertinagem.

Mais furioso ainda, o rei começou a fazer sinais ameaçadores com a mão, dizendo:

— Maldito seja esse astuto! Ele quer nos separar!

— O que é isso? Então você me tem como uma menina ingênua, não é? — exclamou a rainha com tristeza.

— É um desgraçado! Solicitou uma entrevista, para falar com a mulher que se veste de realeza!

— Senhor! — exclamou, amargurada.

Mas o Faraó continuou com a sua endemoninhada cólera:

— Nitócris, você veio até aqui, impulsionada por seus ciúmes, não para pedir reconciliação.

A rainha sentiu como se um sabre atravessasse o seu orgulho. Seus olhos ensombreceram, seu coração bateu fortemente, e sentiu um tremor fluir por suas extremidades. Permaneceu em silêncio por um bom tempo, sem poder pronunciar uma única palavra. Depois disse:

— Oh, rei! Khanum Hotep não sabe nada de você que eu ignore. Portanto, não fique achando que ele é que me mandou vir até aqui, pois eu vim por conta própria. Há de saber que eu estou a par de tudo, como todo mundo, e que, de alguns meses para cá, você vem freqüentando o palácio da dançarina de Bija. Agora, pergunto ao rei: por acaso você sentiu-se perseguido por mim alguma vez? Por acaso eu o incomodei ou pedi que deixasse de fazer alguma coisa? Há de saber também que de agora em diante não terá nada de mim como mulher, pois serei apenas a rainha Nitócris.

— Continua vomitando ciúmes — enfatizou o Faraó.

A rainha bateu o pé no chão e, desesperada, levantou-se e exclamou, cheia de raiva:

— Oh, rei! Não é nenhuma desonra para a rainha ter ciúmes de seu esposo. Agora, o que há de mais vergonhoso para alguém é quando ele desperdiça o ouro de seu país em detrimento de uma dançarina e, mais ainda, expõe seu límpido trono à falação do povo.

A rainha proferiu estas palavras e saiu sem dar importância ao que viria a acontecer depois.

* * *

O comentário da rainha acabou por tirar o rei do sério. Para ele, Khanum Hotep era o causador de todos os problemas. Imediatamente, chamou o conselheiro Sufakhotep e ordenou-lhe que fosse chamar o ministro, para ter uma conversa com ele. Embora perplexo, o conselheiro correu para cumprir as ordens do rei. Mais tarde, o ministro chegou meio desesperado, meio esperançoso, e foi direto para os aposentos do encolerizado rei. Saudou-o à maneira tradicional, mas o Faraó, sem olhar para ele, foi interrompendo-o em tom muito áspero:

— Não ordenei-lhe que não voltasse a falar mais sobre a questão das terras dos templos, ministro?

Khanum Hotep se surpreendeu com o tom áspero, dirigido pela primeira vez a sua pessoa, e com isso compreendeu que suas esperanças desmoronaram-se de vez. Pasmo, ele exclamou:

— Mas, senhor! O meu dever não era o de levar a Vossa Majestade as queixas do vosso fiel povo?

— E, no entanto, o que você fez, hein? Simplesmente quis conturbar a minha relação com a rainha, para conseguir o seu intento, não foi? — replicou o Faraó em tom cortante.

O ministro levantou as mãos como que suplicando-lhe, tentando dizer algo, mas a sua língua travou, e ele só conseguiu pronunciar estas duas palavras:

— Senhor, eu...

O furioso rei contestou:

— Não quero saber de nada! Você está descumprindo as minhas ordens! E saiba que, a partir de hoje, não terá mais a minha confiança!

Desolado, Khanum Hotep emudeceu, ficando paralisado por alguns instantes. Depois inclinou a cabeça até o peito e disse com resignação:

— Senhor, juro por todos os deuses que muito me entristece deixar de servir a Vossa Majestade, mas continuarei sendo o vosso fiel servo como sempre fui.

* * *

O Faraó, depois de ter saciado sua incontida raiva, mandou chamar o conselheiro Sufakhotep e o comandante Tahu. Os dois se apresentaram com certa curiosidade ao Faraó, mas este explicou com muita tranqüilidade:

— Eu já me livrei de Khanum Hotep.

Nesse momento, o silêncio reinou no ambiente, e o assombro se fez patente, em especial no rosto de Sufakhotep. O comandante Tahu ficou estático, e, enquanto observava os dois, o rei perguntou:

— Vocês não têm nada a dizer sobre isso?

Sufakhotep disse, ponderando:

— É que se trata de um assunto muito perigoso, senhor.

— Você acha perigoso, Sufakhotep? E quanto a você, Tahu?

Tahu continuou imóvel, como se estivesse perdendo os sentidos; parecia alheio ao impacto dos acontecimentos. Mas depois de algum tempo, acabou respondendo ao rei:

— É um feito inspirado por uma força superior, meu rei.

O Faraó sorriu de satisfação. Sufakhotep, por sua vez, ainda estava hesitante em relação ao assunto. Por fim, deu a sua opinião:

— Creio que, a partir de hoje, Khanum Hotep terá mais liberdade para agir.

O Faraó encolheu os ombros e ironizou:

— Não creio que ele venha a se perder.

Mas quando se deu conta do que disse, mudou de tom e perguntou-lhes:

— Quem vocês indicariam para sucedê-lo?

O silêncio reinou mais uma vez, e, enquanto os dois seguiam pensando, o Faraó sorriu e disse:

— Eu indico Sufakhotep. O que vocês acham?

Tahu respondeu com sinceridade:

— Vossa Majestade fez a escolha certa, pois Sufakhotep tem a força da fidelidade.

Sufakhotep, por sua vez, mostrou um certo desconforto e quando ameaçou falar o Faraó se antecipou, dizendo:

— Deixaria seu senhor num momento como esse?

Sufakhotep suspirou fundo e disse:

— Absolutamente, senhor. Estou a vossa inteira disposição.

O NOVO MINISTRO

A queda de Khanum Hotep não só deu ao Faraó uma sensação de tranqüilidade na nova situação, mas também fez desvanecer a cólera que tinha se alojado em suas entranhas. Com isso, deixou os assuntos do governo nas mãos do homem em quem mais confiava, para se dedicar totalmente à mulher que lhe arrebatara o coração e todos os sentidos, já que ao lado dela ficava livre para desfrutar dos prazeres e deleites da vida.

Por outro lado, Sufakhotep, como novo ministro, dava conta de toda a carga de atividades a ele delegada. Sabia perfeitamente que o Egito havia recebido sua indicação com ressalvas, receios e com uma silenciosa repulsa. Teve uma sensação de isolamento desde o primeiro momento em que pôs os pés na casa do governo, visto que para o rei a única satisfação era o amor, deixando seu súdito resolver todos os problemas e deveres do país. Os governadores de província concordavam com o novo ministro só na aparência, pois apoiavam os sacerdotes em todos os lugares.

Não havia ajudantes nem conselheiros no primeiro dia de trabalho do novo ministro, salvo o comandante Tahu. Os dois diferiam em muitos aspectos, mas o que os unia, em verdade, era o amor e a fidelidade ao Faraó. O comandante atendeu ao chamado de Sufakhotep para estender-lhe a mão e solidarizar-se com ele em todas as preocupações. Ambos tinham um só objetivo: salvar um navio, sacudido por ondas violentas e rodeado de nuvens e tempestades. Sufakhotep era um homem sincero, responsável e de bom coração, mas faltava-lhe a experiência de um comandante vivido; era também muito inteligente, pois tinha facilidade para detectar os problemas, mas carecia de coragem e determinação. Sabia, desde o princípio, que tinha cometido um erro, uma vez que não esboçou nenhuma reação em defesa própria, ou por outra, não conseguiu dizer não ao Faraó por entender que agravaria ainda mais a situação caótica em que o rei se encontrava. Desta forma, os acontecimentos transcorreram pelo mesmo caminho que a cólera iniciou.

Os espiões de Tahu trouxeram uma notícia importante: Khanum Hotep tinha viajado repentinamente para Mênfis, a capital religiosa. A notícia deixou o ministro e o comandante assombrados. Ambos se perguntavam com perplexidade: qual seria o motivo que levou esse homem a viajar do sul para o norte, levando-se em conta a longa distância e as dificuldades que ele passaria até chegar ao destino?

Sufakhotep pensou logo no pior. Não teve dúvidas de que Khanum Hotep viajara para conversar com os grandes sacerdotes, que estavam ressentidos com o ocorrido e por saberem que os bens, que haviam perdido, estavam sendo desperdiçados descontroladamente com a dançarina de Bija, pois agora ninguém mais ignorava essa realidade, e, se alguém a ignorava, fatalmente passaria a conhecê-la, de um jeito ou de outro. Lá, o sacerdote encontraria em seus colegas um aliado para difundir suas idéias e continuar insistindo em suas reivindicações.

E os primeiros sintomas do descontentamento sacerdotal começaram a aparecer. Os mensageiros, que haviam propagado por todas as partes a notícia da eleição de Sufakhotep, voltaram com felicitações oficiais de todas as províncias. Com isso, os sacerdotes se mantiveram em um silêncio aterrador, até que o comandante Tahu exclamou: "Eles já começaram o desafio."

O desafio a que Tahu se referiu acabou surtindo efeito, pois chegaram documentos dos templos com assinatura de sacerdotes de todas as categorias, rogando ao Faraó que reconsiderasse a questão das terras dos templos. Esse consenso, em verdade, seria muito perigoso, pois traria para Sufakhotep muitos problemas.

Dias depois, Sufakhotep chamou Tahu para conversar na casa do governo. Assim que o comandante chegou, o ministro apontou para a cadeira ministerial e disse, respirando fundo:

— Esta cadeira me provoca náuseas.

— Você é inteligente o bastante para aceitar as provocações que vêm dela — retrucou Tahu.

Sufakhotep suspirou com tristeza e disse:

— Eles me encheram com um monte de reivindicações.

O comandante perguntou com interesse:

— Você já mostrou isso ao Faraó?

— De jeito nenhum! Não posso fazer isso, porque o Faraó não quer que ninguém o incomode com esses assuntos; além do mais, só posso falar com ele de tempos em tempos. Sinto-me angustiado e solitário nessa jornada massacrante de trabalho.

Os dois se calaram por um instante, e cada qual se rendeu aos seus pensamentos. Depois, Sufakhotep, visivelmente abatido, meneou a cabeça e disse como se falasse para si mesmo:

— Isso está me cheirando a feitiço!

Tahu olhou para ele com estranheza, mas compreendeu o sentido de suas palavras. Sentiu calafrio e até mudou de cor, mas em seguida voltou ao seu estado normal. Ele já vinha sentindo isso há alguns anos. Depois fez-lhe uma pergunta um tanto hesitante:

— Feitiço? Que feitiço é esse?

— Rhadopis — respondeu Sufakhotep. — Você não acha que ela enfeitiçou o Faraó? Certamente que sim, e eu juro pelos deuses que o que o Faraó tem não é mais que um feitiço.

A menção deste nome fez disparar o coração de Tahu. Era como se escutasse algo maravilhoso que tocasse todos os seus sentimentos. Cerrou os dentes com força e exclamou:

— Dizem que o amor é magia, e os magos sustentam que essa magia é amor.

O entristecido ministro retrucou:

— Definitivamente, a beleza de Rhadopis é um feitiço maldito!

Tahu lançou-lhe um olhar sério e perguntou:

— Conhece algum antídoto contra essa magia?

Sufakhotep captou a mensagem do comandante. Seu rosto ruborizou-se, e, de pronto, disse como se estivesse se defendendo de uma acusação:

— Não foi a primeira mulher...

— Mas foi Rhadopis!

— Ah, eu desejei tanta felicidade ao meu senhor!

— E deu-lhe um feitiço. Que lástima!

— Pois é, comandante. Hoje sinto-me culpado por isso... Mas há de se fazer alguma coisa.

Tahu contestou com certo amargor:

— Isso só compete ao senhor, ministro.

— Simplesmente estou pedindo sua opinião, comandante. A lealdade se completa com a opinião sincera.

— Mas o Faraó não aceita sequer ouvir falar sobre o assunto dos sacerdotes.

— Por que não expõe a sua opinião a Sua Majestade, a rainha?

— O que suscitou a ira do Faraó foi exatamente a exposição de Khanum Hotep à rainha.

Tahu não sabia mais o que dizer. Mas Sufakhotep teve uma idéia e disse em voz baixa:

— Você poderia marcar uma reunião com Rhadopis, o que acha disso?

E novamente o calafrio invadiu-lhe as entranhas. Seu coração deu um sobressalto, e esteve a ponto de extravasar os sentimentos que se esforçava em dissimular. Depois pensou consigo mesmo: "O velho Sufakhotep não sabe de nada e ainda acha que seu senhor é o único enfeitiçado nessa história." No entanto, perguntou-lhe:

— E por que você não se reúne com ela?

— Porque você tem mais jeito e consegue se entender com ela mais do que eu — respondeu Sufakhotep. Mas Tahu contestou com frieza:

— Temo que Rhadopis desconfie de mim e possa contar ao Faraó. Não, não posso fazer isso.

Sufakhotep, por sua vez, também temia fazer o Faraó enxergar a realidade. Tahu não podia mais guardar silêncio, pois estava com os nervos à flor da pele e com os sentidos abalados por um sentimento arrebatador. Por isso, pediu desculpas ao ministro e saiu apressadamente, deixando seu amigo imerso em seus pensamentos e tristezas.

AS DUAS RAINHAS

Sufakhotep não era o único a suportar o peso das preocupações, a rainha também. Recolhida em seus aposentos e envolta numa tristeza fúnebre, amargava uma dor profunda e um desespero sem precedentes; repassava com olhos tristes o que transcorria no vale. Não era mais a mulher que tinha perdido o coração nem a mulher cujo trono se desmoronara. Sua relação com o rei chegou a um ponto tal que nem sequer tinha alguma chance de reconciliação, já que, por um lado, o Faraó seguia mergulhado em sua desenfreada paixão, e, por outro, ela continuava guardando um orgulhoso silêncio.

Sentiu-se muito mal quando soube que o rei havia abdicado de suas altas responsabilidades. O amor o fez esquecer tudo, até que as rédeas do poder foram parar nas mãos de Sufakhotep. Na verdade, ela não duvidava do ministro quanto a sua fidelidade ao trono, mas o que mais lhe incomodava era a libertinagem do rei e sua abstração. Prometeu a si mesma que iria trabalhar com afinco fossem quais fossem as conseqüências, para alcançar o seu objetivo. Um dia, ela convocou Sufakhotep e disse-lhe que estava à disposição para resolver qualquer assunto que dependesse da opinião do rei. Fez isso sem saber dos problemas que Sufakhotep enfrentava. Quis se ocupar de alguma coisa para diminuir o seu enfado e acabou, sem querer, ajudando o ministro, que suspirou aliviado, sentindo como se lhe tivessem tirado um peso de seu fraco coração.

O contato com o ministro serviu para colocá-la a par dos acontecimentos, principalmente das reivindicações que os sacerdotes tinham enviado de todas as partes; e informá-la do acordo firmado pelas elites de todo o reino. Percebendo o perigo implícito contido naquelas linhas, ela se perguntou, perplexa: o que aconteceria se os sacerdotes soubessem que o Faraó estava fazendo pouco caso de suas petições? Os sacerdotes constituíam uma grande força, e esta dominava a mente e o coração do povo, que os escutava nos templos e nas escolas superiores e buscava apoio em sua moral e em sua doutrina, copiando seus altos valores. Como os acontecimentos se desenrolariam se os sacerdotes deixassem de apoiar o Faraó e desistissem dos assuntos que não trilhassem os caminhos das gloriosas épocas de outrora?

Não há dúvidas de que as coisas se complicavam perigosamente, pois o rompimento do sonolento e sonhador rei da ilha de Bija com seu fiel povo caminhava para o abismo da discórdia. Sufakhotep continuava na mesma, indeciso, e, portanto, sua fidelidade e sabedoria não lhe serviam de nada.

A rainha, por sua vez, sentia que era o momento de fazer algo em relação a isso, porque deixar que os acontecimentos se desenrolassem até o fim poderia augurar muitas dificuldades. Era preciso afastar da tranqüila e formosa cara do Egito a consternação que o assolava. Mas o que ela poderia fazer, afinal? Dias antes, ela bem que tentara convencer seu esposo, chamando-o de volta à realidade, mas não conseguiu e agora perdera a esperança. Não esqueceu do golpe que seu orgulho recebeu. Desistiu de conseguir alguma coisa dele, mas buscou outro meio de chegar ao seu objetivo. Mas que objetivo? Pensou muito nisso, depois disse a si mesma: "Meu objetivo maior é fazer com que o Faraó devolva as terras que confiscou aos sacerdotes." Mas como fazê-lo? O rei é por demais colérico e orgulhoso, não se curva a ninguém, e sua palavra é a que prevalece sempre. Mandou confiscar as terras num momento perigoso e de extrema ira, mas não há dúvidas de que outros motivos, além da ira, induziram-no a confiscá-las; quem conhece o palácio de Bija e o ouro que o rei desperdiça lá que o diga. Não é à toa que ele é chamado de palácio dourado de Bija pois nele abundam as obras de arte e os móveis de ouro puro. Se a fonte que tragava as riquezas do rei fechasse, quem sabe ele pensaria em devolver as terras dos templos aos sacerdotes.

A intenção da rainha não era afastar o rei da bela de Bija, mas queria encontrar uma forma de acabar com o desperdício. Suspirou fundo e disse para si: "Meu propósito está bem claro agora." Temos que encontrar um meio de fazer o rei parar com esse desperdício e depois poderemos convencê-lo a devolver as terras a seus donos. Mas como convencer o rei? Ela já tinha desistido disso, mas agora o considera como um fator preponderante. Está certo que fracassou ao tentar convencê-lo, mas nem Sufakhotep nem Tahu tiveram melhor sorte.

O rei estava obcecado pela paixão, não havia um meio de chegar até ele. E mais uma vez ela se perguntou: "Quem poderia convencer o rei?" De repente, um doloroso tremor se propagou por seu corpo. A resposta surgiu de imediato e era uma coisa ruim, porém sua conhecida: era uma das realidades que renovavam sua dor toda vez que vinham-lhe à memória, pois o destino quis que esse homem governasse o Egito, colocando em seu caminho uma rival — a dançarina de Bija — que a condenara a uma solidão eterna. Essa era uma das realidades dolorosas que detestava aceitar como fato consumado, como são as doenças crônicas, a velhice e a morte. Embora estivesse naquele estado deplorável, ela era uma grande rainha, com amplas visões futuristas. Tentou esquecer seu lado de mulher, mas não conseguiu. Seus pensamentos giravam em torno do rei e da mulher que o tinha feito perder o rumo. No entanto, como rainha, nunca deixou de cumprir com suas obrigações. Prometeu a si mesma salvar o trono, para colocá-lo à sua altura, e passar por cima dos murmúrios e dos descontentamentos. Teria ela chegado a essa determinação apenas por dever ou teria outros motivos?

Nós, humanos, estamos sempre com o pensamento voltado para aqueles que amamos e odiamos, pois nos sentimos atraídos por eles como a mariposa é atraída pela luz de uma lamparina. Teve curiosidade em conhecer Rhadopis desde que começaram a circular notícias a seu respeito. Mas que sentido teria isso? Iria vê-la para falar de assuntos relativos ao reino do Egito? Ela, a rainha Nitócris, suplicaria a uma dançarina que se exibia no mercado do amor? Falaria com ela em nome do seu pretendido amor pelo rei, para dissuadi-lo de seu propósito quanto ao desperdício de tanto ouro e tentar fazê-lo voltar a assumir suas obrigações? Que atitude feia teria sido!

A rainha se amargurava na solidão. Não obstante, seus sentimentos ocultos, bem como sua responsabilidade manifesta, faziam pressão para que ela saísse de seu mutismo e de sua longa prisão. Não podia mais suportar aquela situação. Então se convenceu de que seu dever a obrigava a fazer alguma coisa, a tentar tudo de novo. Perguntou a si mesma mais uma vez: "Devo ir ver essa mulher para convencê-la a salvar o rei do abismo no qual se meteu?" Esta pergunta a manteve atônita, conflitante consigo mesma, durante um bom tempo, mas desta vez não voltou atrás, e acabou tomando uma decisão. Era como uma torrente que irrompia ladeira abaixo, e não podia desviar-se; uma torrente agitada, espumosa, devastadora... E, tendo em vista que a luta estava aberta, ela disse: eu vou sim.

* * *

Na manhã seguinte, esperou o retorno do rei aos seus aposentos, para depois subir na embarcação real e zarpar ao palácio branco e dourado de Bija. Seu estado era de tristeza e torpor. Não estava com a indumentária real, porque se sentia enojada e desgostosa. A embarcação atracou junto às escadarias do palácio. Ao desembarcar, disse ao criado que a recebeu que era visitante e queria falar com a dona do palácio. O criado a conduziu até a sala de recepção. Era um dia de inverno, e soprava um vento gelado por entre os galhos, tão desnudos que pareciam braços mumificados. Ficou ali, sozinha, sentada na sala, esperando com certa apreensão; depois tentou se consolar dizendo para si que era uma rainha e precisava desvencilhar-se um pouco de seu orgulho para cumprir com seu alto dever. Mas quando percebeu que a espera estava se prolongando, perguntou-se: será que ela vai me fazer esperar tanto tempo assim, como fazia com todos os homens? Teve medo e até se arrependeu de ter ido ao palácio para ver a rival.

Poucos instantes depois, ouviu um barulho de roupa. Levantou a cabeça e deparou com o rosto de Rhadopis pela primeira vez. Era Rhadopis, sem dúvida. Naquele momento, sentiu-se como se tivesse levado uma picada de dor e desespero; se esqueceu de suas preocupações e até do motivo de sua visita, diante da fascinante beleza. Rhadopis, por sua vez, também ficou surpreendida com a beleza circunspeta da rainha, bem como com sua imponente grandeza.

As duas estenderam as mãos e se cumprimentaram. Rhadopis sentou ao lado da nobre e desconhecida visitante e, ao notar o silêncio da rainha, disse-lhe com a sua melodiosa voz:

— Fique à vontade, pois está em seu palácio.

A visitante respondeu com nobreza e brevidade.

— Muito obrigada.

A bela sorriu e perguntou-lhe:

— A nossa nobre visitante poderia nos dizer quem é?

A pergunta era natural, e a rainha não atinava para isso, pois sentia-se um pouco incomodada e confusa. Não obstante, respondeu com serenidade:

— Eu sou a rainha.

Ela esquadrinhou a mulher para observar o efeito de suas palavras e viu um sorriso provocador, olhos brilhando de perplexidade e um peito que se inflamava e se endurecia, como uma víbora preparando-se para dar o bote. A rainha não estava tão tranqüila como aparentava, pois, quando viu a rival, seu coração se alterou; sentiu seu sangue fervilhar nas veias e ainda teve uma sensação de ódio e repugnância. Ficaram frente a frente como duas rivais em pé de guerra. O olhar da rainha emitia cólera e ódio. Ela podia até esquecer de tudo, menos da mulher que estava a sua frente e que lhe tinha roubado a felicidade. Rhadopis também podia esquecer de tudo, menos da mulher que dividia o nome e o trono de seu amado.

E assim se desenrolou a conversa entre elas, num clima cheio de tédio e raiva. A rainha, que não agüentava mais a indiferença da rival, resolveu perguntar-lhe:

— Acaso não sabe como se reverencia uma rainha?

Rhadopis ficou paralisada, sentindo um certo temor. O sangue começou a ferver em suas veias, e esteve a ponto de explodir de raiva, mas manteve o controle, pois conhecia outras formas de se vingar: esboçou um sorriso e, sentada, encostou vagarosamente a cabeça no assento, como que dando importância ao assunto, e disse em tom irônico:

— Hoje é um grande dia, Majestade, pois este meu palácio entrará para a história.

A rainha replicou com irritação:

— Você disse a verdade, porque hoje em dia todo o mundo fala bem deste palácio, mas antes não era bem assim.

Rhadopis lançou-lhe um olhar de esguelha e, tentando dissimular a raiva, exclamou:

— Para o inferno com essas pessoas que falam mal de um palácio que seu senhor tem como lugar de deleite para seu coração e sua paixão.

A rainha recebeu esta punhalada com firmeza, mas rebateu com propriedade:

— É que as rainhas não se distraem com o amor, como o resto das mulheres.

— É mesmo, senhora? Eu achava que uma rainha tinha que ser antes de tudo uma mulher.

A rainha contestou em tom colérico:

— Isso porque você nunca foi rainha.

A bela encheu o peito e contra-atacou:

— Perdoe-me, senhora, mas eu sou uma verdadeira rainha.

— Que maravilha! E de que reino? — exclamou a rainha, bastante irônica.

— Do maior de todos os reinos — respondeu Rhadopis, com muito orgulho.

Depois de ouvir estas palavras, a rainha se sentiu enfastiada, condoída e envergonhada; viu que a discussão se baixava ao nível de luta mortal com a dançarina, a qual se despojava da nobreza e do respeito, como uma mulher ciumenta, que lutava com unhas e dentes para reconquistar seu homem. Comparou sua posição com a da rival, que se comportava com soberba, atirando flechas pela garganta, vangloriando-se do amor e do domínio de seu esposo. Enfim, tudo lhe parecia confuso, estranho e... Queria estar sonhando.

Por fim, não teve outra saída a não ser matar todos os seus sentimentos, para enterrá-los nas profundezas de sua alma, e resgatar a sua sublimada natureza. Em lugar da raiva e do ódio, um sangue azul, composto só de orgulho já estava começando a correr em suas veias. Depois lembrou do motivo de sua visita e se comprometeu a corrigir sua atitude.

Com o semblante mais tranqüilo, virou para a mulher e disse:

— Em primeiro lugar, a senhora não recebeu a rainha com a devida vênia, em segundo lugar, não entendeu o porquê da minha visita. Portanto, quero que saiba que não vim aqui para tratar de assuntos pessoais.

Ainda contida em sua raiva, Rhadopis ficou calada, olhando para ela com desconfiança. A rainha, então, prosseguiu:

— Senhora, vim tratar de assuntos muito mais graves e relativos ao glorioso trono e à paz que se deve estabelecer entre o Faraó e seus súditos.

Rhadopis retrucou, enfatizando ainda mais sua ironia:

— Assuntos graves!? E o que eu tenho a ver com isso? Sou uma mulher que faz dos deleites do amor sua ocupação principal!

A rainha respirou fundo e disse com ponderação:

— Enquanto você pensa pequeno, eu penso grande. Eu achava que a glória e a felicidade de seu senhor pudessem trazer-lhe alguma importância, mas pelo visto, não. Sinto muito em dizer-lhe que está induzindo o Faraó a enveredar por um caminho muito perigoso, pois todo mundo sabe que ele está injetando muito ouro neste palácio e que tomou as terras de seus melhores homens, e estes já manifestaram sua insatisfação por escrito inúmeras vezes, relatando que o rei tira-lhes as riquezas para gastar descomedidamente com a mulher do palácio. Portanto, se você quer realmente o bem dele, deve pedir-lhe que evite o desperdício e convencê-lo a devolver as terras a seus donos.

Mas a raiva permitiu que Rhadopis compreendesse exatamente o que a rainha queria dizer. Seus sentimentos se emaranharam na rebeldia, aliada a um forte rancor. Então disse com dureza:

— O que a está incomodando, na verdade, é ver como o ouro é trazido com carinho do Faraó para o meu palácio, não é?

Rhadopis ainda completou com mais arrogância:

— Ninguém vai me separar de meu senhor!

O silêncio se apoderou da rainha. Sentiu um grande desespero e uma profunda ferida em seu orgulho. Pensou: é melhor eu ir embora, pois não vou conseguir nada mesmo. Imediatamente, pôs-se de pé, deu as costas para a mulher e seguiu seu caminho, condoída, angustiada e tão enfurecida que quase não via o que advinha em sua frente.

Rhadopis, que permaneceu sentada, respirando ofegantemente, apoiou a cabeça nas mãos e sumiu em seus pensamentos, preocupada e triste por tudo que lhe acontecera.

UM RAIO DE LUZ

Com o coração ferido, Rhadopis suspirou e disse a si mesma: É lamentável que eu me esqueça de todo o mundo, quando este se recusa a esquecer de mim, ou não deseja a minha felicidade, depois de ter me livrado do passado e de suas inconveniências... Oh Deus! Será verdade que os sacerdotes acusam seu palácio de desperdiçar os bens confiscados? Será verdade que estão queimando seu amor com línguas de fogo?

Estava satisfeita, recolhida em seu palácio, e tinha até perdido o contato com a vida lá fora, pois havia cortado as relações com todo o mundo. Nunca pensou que seu nome corresse com indignação na boca de gente tão poderosa, tampouco fosse usada como meio para falar mal de seu adorado amante. Na verdade, ela não achou que a rainha tinha exagerado em suas colocações, ainda que tivesse mais motivos que a impulsionassem a falar, pois sabia de algum tempo atrás que os sacerdotes temiam que o rei não lhes devolvesse as terras. Ela mesma ouviu o grupo de pessoas que aclamou Khanum Hotep na festa do Nilo. Não há dúvidas de que por trás de um mundo belo e tranqüilo, em que se vive, existe outro mundo turbulento, fervendo no caldeirão das intrigas e tristezas. Sua alma se agitou após um período tranqüilo que durou muitos meses. Nunca passou por tal situação em toda sua vida. Sentiu como se sua alma se inclinasse para seu amado, derramando amor e ternura. Contida no torpor da tristeza, lembrou do que Aana dissera-lhe um dia: que a guarda faraônica era a única força de que o rei dispunha; então perguntou a si própria: por que meu adorado não mobiliza um grande exército?

Passou o dia reclusa em sua alcova. Não quis nem posar para o escultor Benamon, como era de costume, porque não queria ver ninguém, muito menos ficar imóvel diante dos ávidos olhos do jovem. Só ficou mais tranqüila lá pelo final da tarde, quando viu seu adorado amante entrar em seus aposentos em sua roupa de gala. Logo deu-lhe uma sensação de alívio, suspirou do fundo do seu coração e correu para abraçá-lo. Este beijou-lhe a face, como costumava fazer toda tarde, depois sentou com ela em seu confortável divã. De sua alma fluíam lembranças maravilhosas, suscitadas pelas águas do Nilo, que tinham acabado de levá-lo para a sua amada. Então, ele exclamou:

— Onde está a beleza do verão? Onde estão suas noites de vigília? Eu dizia enquanto a embarcação sulcava o rio escuro à frente, e também quando nos entregávamos à brisa e ao amor, escutávamos o tangido dos instrumentos musicais e contemplávamos a dança das bailarinas com olhos sonhadores.

Rhadopis não conseguia compartilhar suas recordações, mas como não gostava de vê-lo sozinho, falando de algum sentimento, interveio, dizendo:

— Um momento, meu amor, a beleza não está nem no verão nem no inverno, mas sim no nosso amor. O inverno encontrará uma chama carinhosa para aquecê-lo.

Ele deu sua costumeira risada, que lhe fazia o corpo e o rosto vibrarem de alegria. Em seguida, disse-lhe:

— Que palavras bonitas! Para o meu coração são mais sedutoras do que todas as glórias da vida. Mas, mudando de assunto, o que acha da caça? A gente pode ir amanhã caçar gazelas no pé da montanha. Vamos nos divertir muito até saciarmos as nossas almas sedentas. O que acha disso?

— Assim faremos, meu amor — disse-lhe, contida em seus pensamentos.

Ele a esquadrinhou com um olhar sério, pois percebeu que ela falava instintivamente e que seu pensamento nem estava ali.

— Rhadopis... juro pela águia que uniu nossos corações que alguma coisa está atormentando sua mente hoje.

Ela o mirou com olhos tristes e não pôde dizer nada. Preocupado com seu silêncio, ele perguntou:

— Acertei, então, pois seus olhos não me desmentem. Mas o que está escondendo de mim, afinal?

Ela suspirou fundo e, enquanto tocava inconscientemente o manto do rei com os dedos, disse em voz baixa:

— Que vida curiosa é a nossa! Quanto mais a gente tenta esquecer o que nos rodeia, mais vazia fica a vida.

— É o melhor que podemos fazer, meu amor. E o que levamos dessa vida além dessa balbúrdia e falsa glória? Éramos desconhecidos um do outro até que o amor nos encaminhou para o belo e seus encantos. Portanto, está se queixando de quê?

Ela suspirou de novo e disse com tristeza:

— De que adianta dormir, sonhar, se todos aqueles que nos rodeiam estão despertos, sem pregar o olho?

— O que a está afligindo, Rhadopis? Abra seu coração para mim. Não podemos mais perder tempo, falando de coisas que não se referem ao amor.

Então ela resolveu falar:

— Eu hoje não estou como ontem, pois alguns criados meus, esses que andam pelos mercados, chegaram com rumores de gente desgostosa, dizendo horrores de que seu senhor tinha se apoderado de suas terras; e o que mais os indignava ainda era que seu senhor gastava os bens confiscados em meu palácio.

Logo a cólera se estampou no rosto do Faraó. O primeiro fantasma a vir-lhe à mente foi Khanum Hotep, invadindo seu paraíso tranqüilo, conturbando-lhe o ambiente e alterando-lhe a segurança. Sua cólera se acentuou tanto que tingiu seu rosto da cor do Nilo, à época da inundação. Furioso, disse com voz áspera:

— Então é isso que a aflige, não é, Rhadopis? Malditos sejam esses rebeldes que só desejam o mal para nós. Não quero que estrague a nossa alegria comentando sobre essa gente, nem faça caso de suas lágrimas de crocodilo; deixe-os para lá e pense só em mim.

Ela pegou a mão dele, envolvendo-a carinhosamente nas suas; lançou-lhe um olhar suplicante e disse:

— Estou muito preocupada. Dói-me muito ser a causa das queixas contra o meu senhor. Sinto um temor oculto, um temor que eu não posso descrever. O apaixonado, senhor, está sempre rodeado de medo.

O rei exclamou com irritação:

— Como pode ter medo, estando você em meus braços?

— Senhor, eles têm inveja do nosso amor, da nossa fortuna, da nossa felicidade e, principalmente, deste palácio. Às vezes eu me pergunto, estarrecida: O que esse ouro que meu senhor derrama sobre mim tem a ver com o amor? A verdade é que esse ouro me aborrece, e muito, pois está semeando intrigas entre nós dois, por parte dessa gente que só quer o nosso mal. Não vê que este palácio vai continuar sendo o nosso paraíso, mesmo que arranquem seu solo e destinjam suas paredes? Senhor, se o brilho do ouro ofusca-lhes os olhos, então, encha-lhes as mãos, para que fiquem cegos e calem suas bocas.

— Que lástima, Rhadopis! Está trazendo à tona um assunto que dá ojeriza só de ouvir falar.

Rhadopis contestou em tom suplicante:

— Senhor, isso nada mais é do que uma nuvenzinha no céu de nossa felicidade, e esta nuvenzinha pode ser desfeita com poucas palavras.

— E que palavras são essas?

Rhadopis respondeu com entusiasmo, achando que ele estava se resignando:

— Devolva-lhes as terras.

A reação do rei foi imediata. Balançou a cabeça violentamente e retrucou em tom colérico:

— Você não sabe nada desse assunto, Rhadopis. Eu dei ordens, e elas não foram cumpridas! Afinal de contas, quando é que eles vão parar com essas queixas? Quando é que eles vão parar de me desafiar? Render-me a eles significará derrota para mim, e isso eu não vou aceitar. Prefiro morrer a ter que fazê-lo! Sabe o que significa uma derrota para mim?

Significa a morte! Se eles tivessem conseguido alcançar o seu objetivo, você, hoje, estaria ao lado de um homem estranho, triste, arrasado e sem força para viver nem para amar.

Estas palavras tocaram-lhe o coração. Apertou suas mãos com força e sentiu como se um tremor se propagasse por suas extremidades. Podia aceitar tudo, menos vê-lo incapacitado para viver e para amar. Esqueceu o que disse e até arrependeu-se de suas súplicas; depois gritou, entusiasmada:

— Nunca se rebaixará a eles, nunca!

O rei deu um sorriso carinhoso e replicou:

— Sim, não me rebaixarei a ninguém, e não será o destino que vai fazer com que eu cometa algum deslize.

— Não se rebaixará mesmo e não sofrerá nenhuma derrota! — disse ela, ofegando, as pálpebras estremecendo sobre uma lágrima quente.

Apoiou a cabeça em seu peito e adormeceu, escutando as batidas de seu coração e sentindo os dedos de seu amado acariciarem as madeixas de seu cabelo e as faces de seu rosto. Pouco tempo depois, acordou meio assustada com os problemas por que passou naquele dia. Levantou a cabeça e ficou olhando para o rosto do rei com inquietação. Este, por sua vez, perguntou-lhe:

— O que foi?

— Dizem que são um grupo forte e conseguem dominar o coração e a mente das pessoas — respondeu ela, hesitando.

O rei sorriu e disse:

— Só que eu sou mais forte do que eles.

Pensativa, Rhadopis parou por um momento, depois perguntou:

— Por que, então, não mobiliza um grande exército, para controlar essa situação?

O rei sorriu de novo e disse:

— Vejo que as preocupações voltam a se apoderar de você.

Ela suspirou, retrucando com certo incômodo:

— Acha que não sei de nada, não é? Essas murmurações de que o Faraó confisca os bens dos deuses e os gasta com uma dançarina já chegaram aos meus ouvidos. E quando os murmúrios do povo se juntam, transformam-se em gritos. É como a faísca que pode provocar um incêndio.

— Quanto pessimismo, Rhadopis!

Ela insistiu:

— Por que não convoca o exército? Quero que me responda só isso!

Contido em seus pensamentos, o rei parou e olhou para ela com certa apreensão. Depois respondeu:

— Não há motivo para que o exército seja convocado.

Visivelmente irritado, ainda acrescentou:

— Eles não sabem mais o que fazer e se sentem acuados com a minha ira. Se eu mandar o exército para cima deles, poderão se assustar ou, quem sabe, empunharão armas para se defenderem.

Ela ficou pensativa por alguns instantes e depois disse em tom sonhador, como se falasse consigo mesma:

— Invente os motivos e convoque o exército.

— Não se pode inventar os motivos assim do nada.

Inconformada, baixou a cabeça e fechou os olhos, como se perdesse todas as esperanças. Pouco depois, veio-lhe à mente um lampejo, que a surpreendeu. Abriu os olhos e deu um pulo de alegria. O rei estranhou aquela reação, mas ela não ligou para ele e, como se não pudesse controlar seus sentimentos, disse com entusiasmo:

— Encontrei um motivo!

O rei ficou com o olhar interrogativo, e ela prosseguiu:

— As tribos de Messayo!

O rei compreendeu o que ela quis dizer. Balançou a cabeça e contestou com reprovação:

— O chefe deles firmou um pacto de paz com o nosso reino.

Mas ela não se deu por vencida e prosseguiu:

— E quem sabe o que está acontecendo além das fronteiras? Temos um príncipe dos nossos governando por lá. Podemos mandar um aviso secreto para ele através de um mensageiro de confiança, informando-lhe que haverá revoltas e matanças. Ele pedirá reforços a você, e a notícia se espalhará por todo o reino. Depois, você fará uma convocação geral dos soldados que virão do norte e do sul para apoiá-lo e, a partir daí, levantará a espada para louvar a sua palavra e impor a obediência.

O Faraó, que a ouvia atentamente, ficou pasmo e, ao mesmo tempo, maravilhado com a idéia, pois nunca tinha pensado em formar um exército forte no caso de uma emergência. Até então ele achava que o descontentamento dos sacerdotes não poderia chegar a uma magnitude tal que exigisse a força de um exército para abafá-lo. Mas agora estava convencido de que a falta desse exército é que levava essa gente a ter ambições e a apresentar reivindicações, queixas etc. A simples e feliz idéia de Rhadopis proporcionou-lhe conforto e segurança. Por isso, olhou para ela e exclamou com alegria e satisfação:

— Que idéia maravilhosa, Rhadopis!

— Isso é o que o meu coração faz para mim. É tão fácil de realizar como este beijo em sua querida boca. Só nos resta agora trabalhar com prudência — acrescentou ela.

— Sim, meu amor. Não acha que a sua mente é um tesouro tão valioso como o seu coração? É verdade, temos que trabalhar em segredo. Vamos designar um mensageiro e pronto; mas deixe que eu resolvo isso.

— Quem será o seu mensageiro para o príncipe Karafanro? — perguntou.

— Será um dos homens mais fiéis a mim — respondeu ele.

Ela desconfiava do grande palácio do rei, sem nenhum motivo aparente; talvez porque quisesse fugir do meio onde a rainha residia. Não podia manifestar o seu temor. Na verdade, ela não queria que o mensageiro fosse alguém do palácio. Mas quem seria? Entrou em desespero e chegou ao ponto de desistir daquela idéia, pois não podia deixar um projeto daquela natureza nas mãos de qualquer um. Mas, de repente, lembrou do jovem dos olhos límpidos que trabalhava na sala de verão, e isso deu-lhe um pouco de tranqüilidade. Pensou consigo mesma: ele é a pureza, a retidão e a simplicidade. Seu coração é um templo onde se oficiam atos sacramentais para ela, de manhã e de tarde. Ele seria o seu mensageiro. Ele é fiel. Com isso, virou-se para o rei e disse-lhe com segurança:

— Deixe-me escolher o mensageiro.

O Faraó riu e disse:

— Você está muito medrosa hoje! Não é a Rhadopis que eu conheço. Mas vamos lá, quem você escolhe como mensageiro?

Ela contestou com submissão:

— Senhor, o apaixonado, como eu disse, está sempre temeroso. Meu mensageiro é um artista que está decorando minha sala de verão. É jovem, tem alma de menino e coração de virgem. Ele é demasiadamente fiel a mim. A vantagem é que ele não levantará suspeitas, até porque não vai saber de nada. É melhor indicarmos alguém que desconheça a transcendência de suas repercussões, pois, quando se ignora o medo, pode-se arriscar com confiança.

Por fim, o rei acabou concordando; aliás, ele não gostava de dizer não a ela. Rhadopis achou que a nuvem tinha se dissipado, apesar de não ter sido da forma como havia planejado, mas se deu por satisfeita; vaticinou, ainda que dentro em breve poderia prescindir do mundo em seu palácio do amor, deixando a tarefa da vigilância por conta de um grande e invencível exército.

Recostou a cabeça e se entregou aos sonhos. O rei, enquanto isso, brincava com seus cabelos, admirando as madeixas que deslizavam sobre seus ombros. Depois pegou todo aquele denso cabelo e cobriu a cabeça e o rosto por inteiro.

O MENSAGEIRO

E o dia seguinte amanheceu com frio. O céu estava parcialmente encoberto com mantos de nuvens brancas que reluziam sob os raios do sol, como um rosto inocente testemunhando sua profundidade, enquanto os longínquos horizontes se escureciam como se fossem linhas da noite, deixadas pelo sol, após o seu surgimento.

Um grande trabalho esperava por ela, porém não tranqüilizava seu coração, nem aplacaria a sua purificação no templo. Contudo, jurou enterrar o passado e suas desgraças. Tinha que enganar Benamon e jogar com seus sentimentos, para satisfazer o ego de seu amor e realizar o seu objetivo. Não vacilou um momento sequer, porque tinha que adiantar-se aos acontecimentos. Fazia tudo pelo seu amor e não lhe importava sofrer por isso. Saiu de seus aposentos e se dirigiu para a sala de verão, bastante segura de si, porque enganar Benamon era simples demais e nem era preciso usar de astúcia.

Caminhou devagarinho na ponta dos dedos e encontrou o jovem escultor contemplando a sua imagem, entoando em voz baixa uma melodia que ela cantava nos tempos de outrora. A música começava assim:

Se sua beleza faz milagres
Por que não pode me curar?

O modo como ele entoava a melodia fascinou Rhadopis, que aproveitou o momento para terminá-la:

Será que eu tenho que jogar com o desconhecido?
O horizonte está escondido atrás das nuvens,
Se é assim, quero que ele venha jogar com o meu coração.

O jovem ficou assustado e, ao mesmo tempo, fascinado com a presença de Rhadopis, que, por sua vez, sorriu e disse:

— Tem uma voz bonita. Por que a escondeu de mim esse tempo todo?

De pronto o sangue subiu-lhe à face, e seus lábios começaram a tremer diante de tanta amabilidade.

Calculando o que se passava em sua mente, a mulher tentou incitá-lo a falar:

— Vejo que está se entretendo com o canto e deixando o trabalho de lado.

Ele apontou para o busto esculpido meio que disfarçando e balbuciou:

— Olhe!

A imagem era de um rosto formoso, um rosto que emanava vida. Rhadopis exclamou, admirada:

— Você é muito talentoso, Benamon.

O jovem sorriu satisfeito e disse, agradecendo o elogio:

— Obrigado, senhora.

Ela respondeu desviando a conversa, para atingir seu objetivo:

— Só que você foi muito duro comigo, Benamon.

— Eu? Como, senhora?

— Criou uma imagem orgulhosa, imponente, e eu queria que parecesse com uma pombinha.

Benamon permaneceu em silêncio, e Rhadopis interpretou o silêncio segundo seu ponto de vista:

— Eu não disse-lhe que foi muito duro comigo? É assim que você me vê, Benamon, orgulhosa, imponente e bela, como essa imagem? E que imagem! Eu fico admirada como a pedra pode falar. Você acha que meu coração não sente como essa pedra, não é isso? Não adianta negar, porque você pensa assim mesmo. Mas por que, Benamon?

Ele não sabia o que dizer, pois estava vencido pelo silêncio. Enquanto ela falava de suas reflexões, ele acreditava e se deixava levar por elas, ficando cada vez mais nervoso. A mulher continuou:

— Por que você me acha dura, Benamon? Vejo que acredita somente nas aparências, porque sua natureza não conseguiu esconder o que se agita em seu coração. Eu leio tudo em seu rosto, pois parece uma página de um livro aberto. Nós temos outra natureza, porque a sinceridade não só nos faz perder o gosto da vitória, como também corrompe o melhor que os deuses criaram para nós.

Confuso, o jovem perguntou a si mesmo: o que ela quer dizer com isso? Aonde ela quer chegar? Teria ele compreendido o significado de suas palavras? Teria ela ido até a sala de verão só para dizer essas coisas tão carinhosas e avivar ainda mais o fogo que o consumia por dentro? O que a teria feito mudar? Afinal de contas, ela acabou tocando os doces segredos que abrasavam o coração do jovem escultor.

A mulher ainda acrescentou:

— Ah, Benamon, você continua duro comigo, e a prova disso é o seu silêncio que diz tudo.

O jovem ficou emocionado e quase chorou de alegria. Lançou-lhe um olhar apaixonado e confessou com voz trêmula, convencido de que tudo que ela dissera era a pura verdade:

— O mundo não comportaria minhas palavras.

Ela suspirou, aliviada por ele ter soltado a língua, e disse com voz sonhadora:

— Falar para quê, se não vai dizer nada que eu ignore? Oh sala de verão, que se fez presente nos assistindo durante meses, deixamos em ti uma marca eterna dos nossos corações... Sim, aqui eu conheci um segredo maravilhoso.

Depois Rhadopis virou para ele e disse:

— Não sabe como descobri o segredo do meu coração, Benamon? Há algum tempo escrevi uma carta e está comigo até hoje. Queria mandá-la para uma pessoa que reside muito longe daqui, mas com um mensageiro de minha confiança. Antes de vir para cá, eu estava sentada, repassando um grande número de homens e mulheres, criados e libertos, mas não encontrei ninguém que merecesse minha confiança. De repente, minha imaginação me conduziu até aqui e, quando adentrei esta sala, comecei a pensar em você, Benamon. A partir daí, minha alma se tranqüilizou, e meu coração sentiu algo mais profundo ainda, e foi aí que eu descobri esse segredo.

O rosto do jovem se encheu de alegria, e a sua felicidade chegou ao grau de torpor; ajoelhou-se diante dela e exclamou do fundo de sua alma:

— Minha senhora!

Ela passou a mão em sua cabeça e disse-lhe em tom carinhoso:

— Foi assim que descobri o segredo do meu coração e lamento não tê-lo conhecido há mais tempo.

Extasiado de felicidade, Benamon respondeu:

— Senhora, juro que tenho passado as noites mergulhado em tormentos, mas hoje vejo que a manhã me recebe com uma brisa de doce felicidade. Suas palavras me sacaram da escuridão para a luz, conduzindo-me à magia da felicidade; recuperaram minha auto-estima, depois de ter chegado ao ponto de me anular. A senhora é a minha alegria, o meu sonho e a minha esperança.

Ela o ouvia num triste silêncio, sentia que ele rezava uma profunda oração. Ficou pensativa e mais uma vez foi envolvida pelo arrependimento. Não obstante, tentou fugir deste sentimento, dizendo-lhe com astúcia:

— O estranho nisso tudo é que há muito tempo eu venho desconhecendo o meu coração. Mais estranho ainda são as circunstâncias que me fizeram descobrir o momento certo de encarregá-lo de uma missão como esta. É como se elas me apresentassem a você, e tirassem você de mim ao mesmo tempo.

O jovem disse em tom de resignação:

— Farei o que quiser com toda satisfação da minha alma.

Ela perguntou um tanto hesitante:

— E se o meu pedido for uma viagem longa e cansativa?

— Só vou lamentar muito, porque não vou poder vê-la toda manhã.

— Será uma ausência momentânea. Portanto, preste atenção ao que eu vou lhe falar: você levará a carta, guardada em seu peito, e entregará ao governador da ilha o meu recado pessoal. Lá ele lhe indicará o melhor caminho a seguir. Agora, você sairá daqui com uma caravana, e ninguém poderá saber o que está levando em seu peito até que chegue à residência do governador da Núbia para entregar-lhe pessoalmente a carta. Logo depois, pegará o caminho de volta para cá.

Voltando para seus aposentos, ela teve outra vez aquele sentimento de tristeza. Perguntou a si mesma: não teria sido mais sensato da minha parte deixar que meu senhor escolhesse o mensageiro, em vez de brincar com os sentimentos deste jovem? No entanto, ele estava feliz, feliz com palavras enganosas, e sua felicidade era de dar inveja em qualquer um. Ela não tinha que sentir-se culpada por isso, posto que ele não conhecia a realidade.

A CARTA

Na tarde do mesmo dia, o Faraó chegou com uma carta dobrada na mão. Seu rosto brilhava de felicidade. Rhadopis olhou para a carta e se perguntou: será que a minha idéia vai dar certo? Será que as coisas caminharão da maneira que tracei? O rei estendeu o papiro para ela, que leu com olhos cheios de regozijo.

A carta era dirigida ao governador da Núbia, príncipe Karafanro, primo do próprio Faraó do Egito, na qual este manifestava suas preocupações no sentido de preparar um exército bem armado, mas sem despertar a curiosidade dos sacerdotes, nem suscitar seus temores. Pedia-lhe também que mandasse uma carta de socorro, por um mensageiro fiel, solicitando reforços para defender as fronteiras do sul e reprimir uma suposta rebelião, desencadeada pelas tribos de Messayo, propagada por todas as partes daquela região.

Rhadopis dobrou a carta e disse ao rei:

— O mensageiro já está a postos.

— E a mensagem também — completou o rei, com muita satisfação.

Com o rosto contemplativo e sonhador, Rhadopis perguntou:

— Como eles receberão a mensagem de Karafanro?

O Faraó respondeu muito seguro de si:

— A mensagem sacudirá o coração de todos, até dos sacerdotes. Os governadores farão recrutamento de soldados por todas as partes do país. Agora, o nosso exército, no qual depositamos as nossas esperanças, não tardará em nos ajudar e virá muito bem armado.

Ela perguntou com entusiasmo:

— E por quanto tempo teremos de esperar?

— Um mês mais ou menos. É o tempo da ida e volta do mensageiro.

Pensou um pouco, depois contou nos dedos e disse:

— Se a minha intuição não falhar, a data da volta do mensageiro coincidirá com a festa do Nilo.

O Faraó riu e disse:

— Isso é um bom sinal, Rhadopis, pois a festa do Nilo será a festa do nosso amor, da nossa vitória e da nossa tranqüilidade.

Ela se confortou, assegurando-se de que não tinha que perder a esperança, tendo em vista a data que marcou o nascimento do seu amor e da sua felicidade, e que essa coincidência da volta do mensageiro com o dia da festa não era pura casualidade, mas sim uma disposição sábia de um deus que abençoava seu amor e guardava suas esperanças.

O rei, que a contemplava admirado, beijou-lhe a cabeça e disse:

— Que cabeça preciosa! A cabeça que assombrou Sufakhotep. Ele ficou tão maravilhado com a sua idéia que só conseguiu pronunciar estas palavras: "Que solução fácil para um problema tão difícil!" Esta cabeça é como se fosse uma flor primorosa, brotando em meio a um tronco retorcido e a ramos entrelaçados.

Rhadopis achava que o rei tinha guardado segredo e que ninguém saberia do assunto, nem mesmo o seu fiel ministro Sufakhotep.

— Quer dizer que o ministro já sabe de tudo? — perguntou-lhe.

— Sim, mas não se preocupe, porque Sufakhotep e Tahu são meus amigos de confiança e não escondo nada deles — respondeu o Faraó com muita propriedade.

O nome de Tahu soou mal nos ouvidos de Rhadopis, seu rosto ensombreceu, e seus olhos demonstraram claras evidências de preocupação:

— E Tahu está sabendo disso também? — perguntou.

O Faraó contestou, rindo:

— Como você é medrosa, Rhadopis! Eu já disse que não guardo segredo para eles.

Rhadopis retrucou:

— Minha precaução não se estende apenas à pessoa que meu senhor confia plenamente.

Naquele momento, veio-lhe à memória a despedida do comandante Tahu, cuja voz rouca voltou a retumbar em seus ouvidos, quando gritava de raiva e desespero. Pensou consigo: será que Tahu está ressentido ainda?

* * *

Na manhã do dia seguinte, o mensageiro Benamon Ben Bassar chegou, vestido com uma túnica e uma tiara na cabeça, que lhe chegava até os ouvidos. Sua face era rosada, e seus olhos brilhavam com a luz da alegria celestial. Ajoelhou-se diante de Rhadopis em silêncio e beijou as bordas de seu vestido com submissão e reverência. Ela, por sua vez, passou a mão em seus cabelos e disse com carinho:

— Nunca esquecerei do seu nobre gesto, pois está se sacrificando por minha causa, abandonando a paz e a tranqüilidade.

Ele levantou seu inocente e formoso rosto e disse com voz entrecortada:

— Pela senhora o difícil torna-se fácil. E que os deuses me ajudem a suportar a despedida.

Ele suspirou e disse:

— Feliz daquele que carrega um sonho maravilhoso, para acompanhá-lo em sua solidão e umedecer a sequidão de seus lábios.

Ela deu um sorriso carinhoso, pegou a carta lacrada e entregou-lhe, dizendo:

— Lembre-se: todo o cuidado é pouco. Vai guardá-la onde?

— No meu peito, dentro do cinturão.

Ela pegou uma outra carta, porém menor e disse-lhe:

— Tome, esta pequena carta você entregará ao governador Aana, que vai indicá-lo para se juntar à primeira caravana que chegar.

Foi uma despedida calorosa. Ele estava nervoso, agitado e até com a boca seca. Ela estendeu-lhe a mão, ele vacilou um pouco, mas acabou colhendo-a por entre as suas, que tremiam como se estivessem tocando o fogo. Levou-a ao seu peito e fez com que ela sentisse seu calor e seus batimentos cardíacos. Depois deu as costas e saiu porta afora, enquanto os olhos de Rhadopis o acompanhavam inquietos e sua boca balbuciava ardentes orações.

Por que não? Se ela tinha depositado no coração do jovem uma esperança da qual dependia sua vida.

O DELÍRIO DE TAHU

A espera já era amarga desde o momento em que Rhadopis assumiu o compromisso de resolver as coisas à sua maneira, pois em seu íntimo algo lhe suplicava com angústia para que o rei não revelasse o segredo da carta a ninguém. Defendia isso com tanto ardor que nem sequer mitigava a descomedida confiança do rei em seus dois homens mais próximos. Suas preocupações não eram clarividentes, mas sua inquietude a induzia a perguntar-se: o que aconteceria se alguém revelasse ao sacerdote o conteúdo daquela carta? Hesitariam em defender-se do iminente mal que os espreitava? Meu deus! A revelação do conteúdo daquela carta seria um desastre! Nenhum espírito patriótico poderia conceber a essência desse projeto.

Sentiu um calafrio correr pelo corpo. Balançou a cabeça com violência, como se quisesse despejar da imaginação os equívocos e as preocupações, e como que sussurrando para sua consciência, tentou acalmá-la: "Tudo vai acontecer conforme o plano que traçamos." Não havia motivo para tanta preocupação, porque, afinal de contas, tudo não passava de suposições e imaginações espantosas que emanavam de um coração intranqüilo.

Por outro lado, perdia a tranqüilidade quando seu pensamento se voltava para certos temores. Imaginava Tahu, por exemplo, com sua expressão de raiva e voz rouca de timbre ferido, condoído; sofria muito com essas preocupações, pois não conseguia encontrar nenhuma explicação para elas, nem livrar-se do enigma que as rodeava.

Teria razão em temer Tahu ou desconfiar dele? Tudo levava a crer que ele havia esquecido o episódio, mas será que ele poderia tomar a atitude de querer vingar-se dela? Não podia mais bater à sua porta, uma vez que esta lhe fora fechada, e não lhe restava outro remédio a não ser agüentar ou resignar-se. Mas, isso não quer dizer que ele tenha esquecido.

Acaso Tahu teria em seu coração algo que o ligaria ao passado? Era teimoso e inflexível. Seu amor por Rhadopis poderia se transformar em ódio, e com isso aproveitaria o momento para se vingar. Mas ela nunca deixou de ser justa com Tahu e sempre reconheceu a lealdade que conferia a seu senhor, o Faraó. Era um homem extremamente responsável, correto e não aceitava rodeios.

Enfim, tudo exortava tranqüilidade, exceto suas preocupações e receios. Se o mensageiro tinha acabado de sair de seu palácio, e ela estava tão apreensiva, então como poderia esperar um mês ou mais? Subitamente veio-lhe a idéia de chamar Tahu para uma conversa. Era algo que não havia pensado antes, e julgava o momento oportuno, sobretudo necessário. O que lhe propulsava a isso era uma daquelas sensações que obrigam alguém a enfrentar o perigo quando não encontra meios de evitá-lo. Pensou longamente no assunto e no final disse para si mesma: vou chamá-lo para ouvir o que ele tem a dizer. Só assim poderei evitar talvez algum mal que porventura venha a acontecer — se é que existe algum mal

—, salvá-lo de si mesmo e salvar também meu senhor. Seu desejo se transformou em uma vontade ferrenha. Imediatamente chamou Shith e ordenou-lhe que se dirigisse ao palácio do comandante Tahu. Shith partiu em seguida, e ela ficou esperando na sala de recepção, angustiada. Não tinha dúvidas de que ele não hesitaria em atender ao seu chamado. Mais tarde, ela se deu conta de sua agitação e lembrou-se daquele tempo em que se comportava fria e imponentemente com o comandante Tahu. Lembrou também que desde o momento em que começou a amar de verdade, tornou-se uma mulher fraca e angustiada.

Tahu foi como se esperava, de uniforme oficial. Isso a deixou mais tranqüila, pois, na interpretação dela, o uniforme era a prova de que o comandante havia se esquecido de Rhadopis, a bela do palácio branco, e agora estava visitando a amiga de seu senhor, o Faraó.

O comandante a reverenciou respeitosamente e disse sem ressentimento:

— Que os deuses façam seus dias felizes, honorável senhora.

Olhando bem em seus olhos, ela respondeu:

— Igualmente, honorável comandante, e obrigada por ter aceitado o meu convite.

— Seu pedido é uma ordem, senhora — exclamou.

Ela o contemplava com atenção e via que ele continuava o mesmo, forte, sólido e com a tez avermelhada, embora não lhe passasse despercebida uma ligeira mudança que só seus olhos observadores poderiam ver: é que em seu rosto se percebia uma certa palidez que fazia com que seus olhos perdessem o brilho costumeiro, como se apagasse todo o ânimo que reluzia no semblante desse homem. Temia que se devesse ao que acontecera naquela triste noite que os separou havia quase um ano. Que lástima! Tahu era como um vento devastador e se transformou em um vento sereno.

Então ela disse-lhe:

— Eu o chamei, comandante, para congratulá-lo pela grande confiança que o rei deposita em sua pessoa.

Tahu respondeu com estranheza:

— Obrigado, senhora. Isso é um dom antigo que os deuses me outorgaram.

Ela esboçou um sorriso meio sem graça e disse com astúcia:

— Agradeço a gentileza de apoiar a minha idéia.

O homem ficou pensativo por alguns instantes, mas depois se lembrou:

— A senhora se refere à brilhante idéia em que sua mente se inspirou, não é?

Rhadopis assentiu com a cabeça, e ele acrescentou:

— É uma idéia maravilhosa, digna de sua extraordinária inteligência.

Sem mostrar muito entusiasmo, ela respondeu:

— Sua realização garantirá a força e a autoridade do nosso rei e selará a paz e a tranqüilidade para a pátria.

— É verdade, senhora, por isso acolhemos a idéia com muita satisfação — concordou o comandante.

Ela fixou os olhos nele e disse:

— Em breve chegará o dia em que essa minha idéia precisará de sua força para realizá-la com êxito.

O homem inclinou a cabeça e respondeu:

— Agradeço a apreciável confiança que me outorga, senhora.

A mulher se calou por um momento. Tahu estava sério e comedido e muito diferente daquele homem que ela conhecia. Ela também não poderia esperar outro comportamento depois de tudo que acontecera, mas o encontro lhe deu segurança e tranqüilidade. Teve até vontade de tocar no assunto e pedir-lhe desculpas, mas não soube como se expressar, pois estava apreensiva e com medo de se arriscar. No último momento, acabou encontrando uma maneira de manifestar sua gratidão; estendeu-lhe a mão e lhe disse, sorrindo:

— Aceite o meu apreço de amizade, comandante.

O homem estendeu sua mão tosca para a mão suave e delicada de Rhadopis e saiu sem dizer uma única palavra. E terminou assim aquele breve e decisivo encontro.

No caminho de volta para a embarcação, Tahu perguntou a si mesmo: afinal, essa mulher me chamou para quê? Quando deu rédea larga aos sentimentos que havia reprimido à presença de Rhadopis, e cambaleou, e mudou de cor, suas extremidades se agitaram, e foi perdendo a razão e os sentidos muito rapidamente.

Enquanto os remos golpeavam as águas, ele cambaleava como um bêbado, era como se tivesse sofrido uma derrota que o fazia perder a honra e a auto-estima. Imaginava as palmeiras que margeavam o Nilo balançando vertiginosamente, e o ar lhe parecia poeirento e asfixiante. O sangue que corria nas veias era quente, agitado, desvairado, venenoso. Encontrou uma jarra de vinho sobre a mesinha da câmara privativa e virou-a na garganta até esvaziá-la por completo; depois se jogou no divã num estado de total desespero.

A verdade é que ele nunca a esquecera, porque estava escondida num recanto oculto em sua alma, mas a sua posição de comandante não deixava que isso viesse à tona. Entretanto, quando voltou a vê-la depois de quase um ano, o depósito de sua alma acabou explodindo, e as chamas subiram até que inflamaram todo o âmago. Sentia-se castigado, rebaixado, desesperado e com o orgulho ferido. Experimentou a derrota e a humilhação duas vezes ao cabo de uma única batalha. Sentiu sua cabeça girar, embebedou-se e começou a falar consigo mesmo, balbuciando palavras de raiva e imprecação. Sabia muito bem que ela o chamara para assegurar-se de sua fidelidade e ficar com a consciência tranqüila quanto ao seu dono e querido senhor. Quem diria que Rhadopis viesse a se tornar uma mulher séria e aprender o que era o amor e a natureza de seus temores e dores, logo ela que era uma mulher dura e libertina? Temia a traição de Tahu que há pouco tempo seguia de perto todos os seus passos e, em momento de repulsa e tédio, teve que se livrar dele. Ele sentia um desespero mortal, uma cólera assassina, um ódio sufocante que trucidava sua alma titânica. Durante a viagem teve vários momentos de delírio, seu sangue se inflamava como uma fogueira. Tapava os ouvidos e não conseguia ouvir nada, e via a vida como uma chama flamejante.

Assim que a embarcação atracou junto às escadarias do palácio faraônico, saiu apressadamente e foi cambaleando pelo jardim, sem prestar atenção às saudações dos soldados, dirigindo-se para a sala do comandante da guarda faraônica.

No meio do caminho, o ministro Sufakhotep, que voltava do pavilhão real, recebeu-o com um sorriso, mas Tahu ficou parado diante dele como se não o conhecesse. Estranhando aquela cena, Sufakhotep então lhe perguntou:

— Como está, comandante Tahu?

— Estou como um leão que caiu numa armadilha, ou como uma tartaruga que repousou em cima de um forno quente — respondeu Tahu de pronto.

Sem entender nada, Sufakhotep perguntou:

— O que foi que disse, Tahu? O que o leão tem a ver com a tartaruga e a armadilha com o forno?

Contido em seus devaneios, Tahu replicou:

— A tartaruga tem uma vida longa, move-se com lentidão e leva uma carga pesada nas costas. Quanto ao leão, ele se contrai, ruge, salta violentamente e acaba com sua presa.

Sufakhotep olhou fixamente para Tahu e perguntou-lhe:

— O que você tem? Está aborrecido? Não estou acostumado a vê-lo assim.

— Estou aborrecido sim, e só agora você percebeu isso. Eu sou Tahu, filho da luta e da guerra. Ah! Como o mundo pode agüentar essa pesada carga da paz? Os deuses da morte estão com sede, e eu hei de saciar essa sede um dia.

Sufakhotep balançou a cabeça, como se compreendesse o problema de seu amigo, e comentou:

— Ah... Agora entendo, comandante. Só pode ser o envelhecido vinho de Maryut.

— Não, não! — replicou Tahu em tom sério. — A verdade é que tomei um copo de sangue sim, e depois descobri que era sangue de um ser maligno e que acabou envenenando o meu. As coisas se complicaram ainda mais quando encontrei, no caminho de volta para cá, o deus do bem dormindo na pradaria. Finquei a espada em seu coração e disse-lhe: levante-se e lute, pois o sangue é a bebida dos valentes! Assombrado, Sufakhotep emendou:

— É o vinho, sem sombra de dúvida. É melhor que volte ao seu palácio imediatamente, porque...

Tahu deu de ombros e replicou com ironia:

— Alto lá, senhor ministro! Cuidado com o sangue envenenado, pois ele é o próprio veneno! A paciência da tartaruga já se esgotou, e o leão estará à solta.

Disse estas palavras e saiu dali sem atinar para nada, deixando Sufakhotep atônito e cheio de dúvidas.

O PERÍODO DE ESPERA

Tanto o palácio faraônico como o de Bija e também a casa do governo esperavam ansiosos a volta do mensageiro, muito embora depositassem tranqüilidade e confiança no porvir. A cada dia que passava enchiam-se de otimismo, e se confortavam com o calor da esperança. Entretanto, esse bom augúrio teve que ser interrompido, porque o ministro-chefe recebeu uma carta-ultimato dos sacerdotes, cujo conteúdo era muito grave. Antes, Sufakhotep não dava importância a esse tipo de correspondências pois ficava contrariado, e mandava todas elas para a rainha. Não obstante, a última continha uma mensagem inusitada, fato pelo qual se viu obrigado a comunicá-lo ao seu senhor, mesmo sabendo que isso iria aborrecer por demais o Faraó. Marcou uma entrevista com o rei e fez a leitura da carta, cujo conteúdo era uma petição, formulada por todos os sacerdotes, encabeçados pelos de Rá, Amon, Ptah e Ápis. Todos rogavam ao seu senhor para que devolvesse as terras dos templos aos seus donos, os adorados deuses que cuidavam delas. Asseguravam que se tivessem encontrado um único motivo que justificasse o confisco, não teriam se atrevido a fazer tal coisa.

O tom da carta era forte e enérgico. O rei ficou indignado com tudo isso. Pegou a carta, rasgou-a em pedaços e jogou-a no chão, vociferando:

— Logo, logo terão a resposta que merecem.

— Antes se dirigiam a Vossa Majestade individualmente e agora o fazem em grupo — comentou Sufakhotep.

O rei exclamou, furioso:

— Eles passaram dos limites, mandarei açoitá-los, e que protestem tanto quanto sua ignorância permitir. Já que as coisas chegaram a este ponto, terei de mandar o governador de Tebas para ver o ministro e dizer-lhe que Khanum Hotep visitou a província dele, e que teve uma calorosa recepção popular, junto com os sacerdotes e sacerdotisas de Amon, bem como uma grande multidão de autóctones. Que seu nome foi aclamado e que o povo manifestou seus protestos em defesa dos deuses, os quais devem ser preservados e servidos, que inclusive alguns se excederam em suas manifestações e chegaram até a gritar chorando: "Que lástima que os bens dos deuses se desperdicem com uma dançarina!"

O ministro estava calado e triste, e mais uma vez a sua lealdade superou a sua vacilação, pois passou as notícias ao senhor com muito tato. O agastado Faraó ainda lamentou:

— O governador de Tebas escuta, vê, e não consegue fazer nada.

— Senhor, ele só dispõe das forças das sentinelas e de alguns guardas, e estes não conseguem controlar a multidão — argumentou Sufakhotep com tristeza.

O Faraó retrucou com raiva:

— Então só me resta esperar pacientemente. Pelos deuses! Meu orgulho está no chão!

Uma nuvem de tristeza começava a pairar sobre a gloriosa Abu e seus palácios suntuosos. Recolhida em seu pavilhão e refém do isolamento e da solidão, a rainha Nitócris suportava as dores de seu coração partido e de seu orgulho ferido; contemplava os acontecimentos com olhos amargurados.

Sufakhotep, por sua vez, recebia as notícias com tristeza, e dizia para o silencioso e abatido Tahu:

— Acaso o Egito passou algum dia por um motim como este? É uma pena!

A felicidade do rei acabou se transformando em tormento. Só conseguia descansar quando estava nos braços da mulher que lhe havia roubado o coração. Ela sabia o que se passava com ele e tentava sempre distraí-lo com ternura, sussurrando-lhe aos ouvidos:

— Tenha paciência, meu amor.

Ele suspirava e exclamava com raiva:

— Sim. Até que eu consiga as rédeas do poder.

No entanto, as dificuldades aumentavam dia após dia. Khanum Hotep multiplicava suas visitas às regiões e era recebido com aclamações e manifestações de apoio em todos os lugares. Isso causou um grande incômodo aos governadores de província, que classificaram a ação como desleal ao Faraó. Os governadores de Âmbus, Fermuntas, Látulis e Tebas se reuniram e decidiram falar com o rei. Este concedeu-lhes uma entrevista oficial, acompanhado de Sufakhotep. O governador de Tebas se adiantou aos demais, para reverenciar o Faraó com servidão e fidelidade, e disse-lhe:

— Senhor, a autêntica fidelidade não se restringe apenas a um sentimento cordial, ela tem que andar junto com o conselho, com a boa obra, e até com o sacrifício, se necessário for. Estamos aqui para discutir um assunto que diz respeito à verdade, pois esta poderá nos criar um problema muito sério. Creio que a inquietação da consciência não está nos deixando trabalhar com tranqüilidade. Por isso, temos que ser francos e objetivos e dizer a verdade, nada mais.

O Faraó refletiu por um momento, depois disse:

— Então fale, governador, que estou ouvindo.

O homem tomou coragem e disse:

— Senhor, os sacerdotes estão profundamente consternados com toda essa situação. Eles até conseguiram passar esse sentimento de mal-estar para o povo, que os escuta de manhã e de tarde. Portanto, Vossa Majestade pode ter certeza de que a vontade do povo é pela devolução das terras a seus donos.

Imediatamente, a cólera se estampou no rosto do Faraó, que retrucou com raiva:

— E por acaso o Faraó terá que se submeter à vontade do povo?!

O governador usou da sinceridade, mas com certa ousadia:

— Senhor, a felicidade do povo é uma responsabilidade outorgada pelos deuses ao Faraó. Não haverá submissão, mas sim uma simpatia, digna de um rei para com seus fiéis súditos.

O rei bateu o chão com o cetro e disse:

— Para mim o retrocesso significa submissão.

— Pelos deuses! Jamais submeteria meu senhor à vontade de outrem! Senhor, a política é um mar agitado, e o governo é como um capitão que procura evitar os ventos tempestuosos e aproveitar o bom momento — ponderou o governador.

O rei, na verdade, não estava gostando do discurso do governador, pois balançava a cabeça demonstrando teimosia e desprezo. Na seqüência, Sufakhotep interveio para perguntar ao governador de Tebas:

— Tem provas de que o povo compartilha do sentimento dos sacerdotes?

— Sim, senhor ministro. Há espiões infiltrados por todas as províncias que acompanham de perto a insatisfação do povo e me mantêm informado de tudo — disse o governador com segurança.

— Eu também tenho meus espiões que me trazem notícias estarrecedoras sobre esse movimento — acrescentou o governador de Fermuntas.

Por fim, todos os governadores emitiram seus pareceres sobre a gravidade da situação, e assim terminou a primeira reunião do gênero, que nunca tivera lugar nos palácios faraônicos.

O Faraó, logo em seguida, reuniu-se com seu ministro e com o comandante de sua guarda em seu pavilhão particular. Estava furioso, alterado e com um olhar ameaçador, mas fez o seguinte comentário:

— Esses governadores são fiéis e sinceros, mas são medrosos. Se eu tivesse seguido seus conselhos, fatalmente meu trono ficaria exposto à humilhação.

De pronto, Tahu deu razão ao seu senhor, e disse:

— Voltar atrás seria um suicídio, senhor!

Sufakhotep, que estava pensando nas conseqüências, disse:

— Não podemos nos esquecer da festa do Nilo, já que faltam poucos dias. Confesso que meu coração não está tranqüilo acerca dessa conglomeração de milhares de pessoas insatisfeitas que virão a Abu em clima de tumultos e manifestos.

— Nós temos o controle sobre Abu. Afinal de contas, é a nossa cidade — lembrou Tahu.

— Disso não tenho dúvidas, mas não se pode esquecer que na festa passada algumas aclamações produziram um efeito traidor, e o nosso rei ainda não tinha se manifestado acerca dessa questão. Portanto, devemos estar atentos a esses gritos que, certamente, serão ainda mais fortes.

— Esperamos que o mensageiro volte antes da festa — disse o Faraó.

Entretanto, Sufakhotep não parava de levantar questões de cunho particular. Intimamente convencido da proposta dos governadores, comentou:

— O mensageiro voltará em breve, e fará publicamente a leitura da carta. Os sacerdotes, sem dúvida possuidores do afeto de seu senhor e certos daquilo que lhes pertence por direito, estarão mais tranqüilos quanto à mobilização e ao entusiasmo do povo. Meu senhor, na ocasião, terá que tomar as rédeas do poder, para ditar as regras segundo a sua vontade e querência. Assim, ninguém poderá contrariá-lo.

O rei se incomodou sobremaneira com a opinião de Sufakhotep. Quando se viu sozinho em seu pavilhão particular, partiu imediatamente para o palácio de Bija, onde a solidão nunca lhe perseguiu. Rhadopis não tinha idéia do que se desenrolara na última reunião, mas não lhe custou muito ler em seu rosto que deixava transparecer a cólera que fervia em seu coração. Estava curiosa, com o olhar interrogativo, mas acabou ficando com as palavras à flor dos lábios. Ele, então, desabafou:

— Sabe o que me aconteceu, Rhadopis? Os governado-

res e os ministros me aconselharam a devolver as terras aos sacerdotes e pediram ainda que eu aceitasse a derrota!
— E o que os levou a chegar a essa conclusão? — perguntou contrariada.

Enquanto o Faraó lhe relatava a opinião dos governadores, ela ficava cada vez mais decepcionada e triste, até que não pôde se conter mais e exclamou:
— Esta situação já está ficando nebulosa demais. Para mim, os governadores tiveram algum motivo grave, porque, do contrário, não teriam expressado opinião nenhuma.
— Meu povo está contra mim — disse o Faraó, com desprezo.
— Senhor, essa gente é como um navio que está à deriva e à disposição do vento, que faz dele o que quer.
— Então farei parar o vento! — disse em tom incisivo.

Não obstante, as dúvidas e os temores voltaram a invadir o coração de Rhadopis. Sentiu que sua paciência a traiu e disse:
— Devemos agir com sabedoria, senhor, temos que retroceder voluntariamente por algum tempo, pois o dia da vitória está próximo.

O rei olhou para ela com estranheza e disse:
— Está me induzindo à submissão, Rhadopis?

Ao ouvir estas palavras, ela o abraçou com força e disse, chorando:
— Aquele que se prepara para um grande ataque há de se resguardar um pouco mais, pois a vitória sempre vem no final.

O Faraó suspirou e disse:
— Ah, Rhadopis! Se nem mesmo você conhece minha alma, quem vai conhecê-la? Eu é que estou sendo contrariado! Sinto-me murcho como uma rosa secada pelo vento.

O efeito de suas palavras refletiu-se nos olhos negros de Rhadopis, que respondeu com tristeza profunda:

— Darei a minha vida por você, meu amor. Não murchará nunca, pois meu coração regará o seu com um amor puro e sincero.

— Viverei triunfante cada momento da minha vida. Jamais deixarei que Khanum Hotep diga que me humilhou.

Ela deu um sorriso meio triste e perguntou-lhe:

— Por acaso pode-se governar um povo sem usar a astúcia de vez em quando?

— A resignação é a astúcia dos fracos. Eu estarei sempre de cabeça erguida como uma espada em cujo fio se aniquilam os traidores.

Ela suspirou com tristeza e se calou. Não quis falar, nem tocar mais no assunto, em detrimento do orgulho do rei. Desde aquele momento, começou a se perguntar, preocupada: quando estará de volta esse mensageiro? Quando?

Quão dura é a espera! Se a humanidade conhecesse o tormento da espera, recusar-se-ia a viver. Que aflição! Quantas vezes ela contou os dias e as noites, esperando o nascer e o pôr-do-sol?! Sua vista se consumia de tanto olhar para o sul, de onde fluíam as correntes do Nilo. Quantas vezes contou o passar do tempo com seus suspiros e batidas de seu coração?! Quantas vezes gritou, aflita: onde está você, Benamon?! Não havia sossego nem tranqüilidade sem o regresso do mensageiro com a missiva.

Os dias passavam, e o tempo se arrastava lentamente, até que um dia, quando estava sentada, absorta em seus pensamentos, a criada Shith adentrou seu aposento afoitamente. Rhadopis levantou a cabeça e perguntou-lhe:

— O que houve, Shith?

A criada respondeu, contendo a respiração:

— Senhora, Benamon já chegou.

A alegria invadiu-lhe o coração. Levantou-se imediatamente como um pássaro assustado e gritou:

— Benamon?!

— Sim, minha senhora — respondeu a criada —, ele pediu que anunciasse a sua chegada e a está aguardando na recepção. Parece que ele voltou bem dessa viagem.

Rhadopis desceu as escadas depressa para a recepção. Encontrou-o aguardando a sua chegada com a saudade brilhando em seus olhos. Ela parecia uma chama, radiante de esperança e alegria. Pensando que era por ele, Benamon jogou-se a seus pés como um idólatra, ungido por uma felicidade divina. Abraçou suas pernas com carinho e, depois de beijar-lhe os pés, exclamou:

— Minha adorada! Sonhei mil vezes que beijava estes pés, mas agora estou aqui realizando os meus sonhos.

Ela passou a mão em seus cabelos e disse-lhe com carinho:

— Querido Benamon... Benamon! É verdade que voltou para mim?

Os olhos de Benamon brilhavam com a luz da vida. Levou a mão ao peito e tirou uma caixinha de marfim; abriu-a, apontou para seu conteúdo e disse:

— Esta terra é de suas pegadas no jardim. Eu a colhi com minhas próprias mãos, e a conservei nesta caixinha para levá-la comigo na viagem. Beijava-a toda noite e depois guardava-a em meu peito antes de entregar-me ao sono.

Ela o ouvia com certa inquietação, e seus sentimentos

estavam muito longe daquela conversa. Como não pôde agüentar mais, resolveu dissimular a preocupação e perguntou-lhe docemente:

— Não trouxe nada, Benamon?

Ele levou a mão ao peito outra vez e puxou um papiro. Ela pegou o papiro com mãos trêmulas, pois estava tomada por uma sensação de grande felicidade, e um certo adormecimento se propagava por seus nervos, debilitando-lhe as forças. Contemplou longamente o papiro, apertando-o com as mãos. Tinha quase esquecido da existência de Benamon, mas quando seus olhos recaíram nele, lembrou de algo importante e perguntou-lhe:

— Por acaso um mensageiro da parte do príncipe Karafanro veio com você?

O jovem respondeu:

— Sim, senhora. Foi ele que trouxe o papiro e está aguardando a senhora na sala de verão.

Depois de ouvir esta notícia não pôde mais ficar ali parada por muito tempo, pois a felicidade que lhe invadia os sentimentos naquela altura era inimiga da quietude e do silêncio. De pronto disse para Benamon:

— Deixo você nas mãos dos deuses por algum tempo, mas depois nos encontraremos na sala de verão para colocarmos as coisas em dia.

Com o papiro na mão, foi correndo para ver o mensageiro de Karafanro. Seu coração clamava do fundo de sua alma pelo seu amado senhor. Não fosse o pudor, ela teria voado para seu palácio, como fez a águia, para comunicar-lhe a boa nova.

A REUNIÃO

Efinalmente o dia da festa do Nilo chegou. A cidade de Abu recebeu multidões do extremo sul e norte. Em seus ares elevaram-se os hinos, e suas casas se adornaram com bandeiras, flores e ramos de oliveira. Estava amanhecendo quando os sacerdotes e os governadores se dirigiam ao palácio faraônico para se juntarem ao grandioso séqüito real, que sairia do palácio pelo meio da manhã.

Enquanto as autoridades aguardavam a chegada do rei, em um dos salões do palácio, um mensageiro entrou, saudou a todos em nome do Faraó e disse-lhes em alto e bom tom de voz:

— Respeitáveis senhores: dentro de alguns instantes, Sua Majestade se reunirá com vossas senhorias, portanto tenham a bondade de se dirigirem à recepção faraônica.

Todos estranharam o aviso do mensageiro, pois o Faraó tinha o costume de receber os homens do reino depois da celebração da festa, e nunca antes. A dúvida estampou-se no rosto dos presentes, que começaram a se perguntar: "Que assunto tão relevante levaria o rei a convocar essa reunião que rompia com as tradições?"

Acataram a solicitação e se dirigiram para a majestosa sala de recepção. Os sacerdotes ocuparam os assentos da direita, e os governadores sentaram de frente para eles. No centro ficava o trono faraônico, entre duas fileiras de assentos, reservados aos príncipes e aos ministros.

Os ministros não tardaram a entrar, encabeçados por Sufakhotep, e logo depois vieram os príncipes da casa reinante. Sentaram à direita do trono e responderam aos cumprimentos dos homens que ficaram em pé para saudá-los.

O silêncio reinava no ambiente, onde a seriedade e a apreensão se deixavam transparecer nos rostos. Cada qual se continha em seus pensamentos, perguntando-se pelos motivos da importante reunião, até que chegou um porta-voz, para o qual todos olharam com bastante atenção. O homem anunciou a chegada do rei com uma voz estridente:

— O Faraó do Egito, luz do sol, e sombra de Rá na Terra, Sua Majestade o rei Mernerá II.

Todos ficaram em pé e se inclinaram até que suas testas quase tocaram o chão. O Faraó chegou imponente e majestoso, seguido do comandante do exército, Tahu, do porta-voz, do mensageiro-mor do príncipe Karafanro e do governador da Núbia. Sentou no trono e disse com uma voz imponente:

— Recebam meus cumprimentos, sacerdotes e governadores. Por favor, sentem-se.

Os corpos inclinados foram-se endireitando lentamente, e sentaram em meio a um absoluto silêncio, que até fazia da respiração uma tarefa difícil. Os olhares estavam todos voltados para o dono do trono, esperando ansiosamente que o rei abrisse a reunião. O Faraó se acomodou em seu trono e, olhando para todos, mas sem fixar os olhos em ninguém, disse:

— Príncipes, ministros, sacerdotes e governadores do Alto e Baixo Egito: eu os convoquei para tratarmos de um assunto muito grave, ligado à segurança do reino e à glória de nossos antepassados. Senhores: está aqui entre nós um mensageiro, que veio do sul, ele é Hamana, o mensageiro-mor do príncipe Karafanro, e nos trouxe uma importante missiva de seu senhor. Por isso, achei que era meu dever comunicá-los o quanto antes, para informar-lhes do seu conteúdo.

O Faraó olhou para o mensageiro e fez-lhe um sinal com o cetro. O homem avançou até que ficou ao lado do trono e parou. Em seguida, o Faraó disse-lhe:

— Leia a missiva, mensageiro!

O homem estendeu o papiro e começou a ler em voz alta.

"Do Príncipe Karafanro, governador da Núbia, para Sua Majestade, o Faraó do Egito, luz do sol resplandecente e sombra do deus Rá, protetor do Nilo, dono da Núbia, Tur-Sina, e senhor do deserto oriental e ocidental.

Senhor: lamento levar aos ouvidos de vossa sagrada pessoa as más notícias sobre os acontecimentos decorrentes de uma vergonhosa traição ocorrida nas colônias situadas junto às fronteiras do sul da Núbia. Baseado no fato de que o Egito e as tribos de Messayo firmaram um pacto de paz, ordenei, à época, que a maioria dos destacamentos distribuídos em vários pontos do deserto se retirasse e voltasse para as suas bases de origem, posto que não havia necessidade de continuar com tantos destacamentos naquela região. No entanto, hoje um oficial veio me informar que os chefes daquelas tribos tinham se rebelado, quebrando todo um protocolo de negociações de paz, e que tinham atacado os nossos quartéis à noite, matando soldados covardemente. Nossos soldados lutavam desesperadamente contra forças que lhes superavam cem vezes ou mais, mas acabaram caindo bravamente um atrás do outro. As tribos, senhor, invadiram todo o território, e já estão se dirigindo para o norte da Núbia. Achei melhor não expor ao perigo as escassas forças que possuo. Concentrarei toda minha atenção nas fortalezas e cidadelas, para conter o inimigo invasor. Sei que esta carta chegará quando meus soldados estiverem lutando com a vanguarda dos invasores. Espero ordens de meu senhor para que eu permaneça à frente do meu exército, defendendo o Faraó e o meu país, o Egito."

A voz do mensageiro, mesmo depois da leitura da carta, continuava retumbando em muitos corações. Nas fileiras, propagava-se uma violenta agitação. Os sacerdotes ficaram estáticos, de sobrancelhas franzidas e olhar congelado; pareciam como estátuas em um templo silencioso.

O Faraó permaneceu calado até que o impacto atingiu o seu grau máximo. Então disse:

— Esta é a carta que eu queria submeter à apreciação dos senhores.

O governador de Tebas, que era o mais exaltado dentre seus colegas, pôs-se de pé, inclinou-se respeitosamente para o rei e disse:

— Senhor, isso é gravíssimo, e a única resposta para essa carta é a mobilização!

A intervenção do governador foi bem acolhida pelos seus colegas, e o de Âmbus ainda salientou:

— Faço minhas as palavras do meu colega de Tebas. A resposta tem que ser uma só: a mobilização imediata, senhor! Por que não, se além das fronteiras meridionais temos irmãos que estão sofrendo nas mãos do inimigo? Não podemos ficar de braços cruzados, nem tardar em socorrê-los.

O governador Aana, que pensava nas repercussões que poderiam atingir suas responsabilidades, argumentou:

— Se esses selvagens atravessarem as terras da Núbia, poderão ameaçar as fronteiras, sem dúvida.

Já o governador de Tebas lembrou de uma antiga opinião sua, mas que nunca foi concretizada:

— Senhor, eu sempre achei que o reino deveria ter um grande exército permanente, que permitisse ao Faraó cumprir com suas obrigações na defesa da pátria, bem como suas possessões além das fronteiras.

O entusiasmo se propagou pela ala dos governadores, e a maioria opinou pela mobilização. Outros fizeram aclamações ao príncipe Karafanro e ao seu destacamento nos territórios da Núbia. Não obstante, o impacto surtiu um grande efeito em alguns governadores, que disseram ao rei:

— Senhor, não nos será aprazível celebrar a festa do Nilo, enquanto nossos irmãos estiverem ameaçados pela morte. Portanto, permiti que mobilizemos o exército imediatamente.

O Faraó ficou o tempo todo calado, pois queria ver a reação dos sacerdotes. Estes, por sua vez, guardavam silêncio, esperando que se acalmassem os ânimos. Quando os governadores se calaram, Batah, o grande sacerdote, levantou-se e perguntou com uma calma impressionante:

— Permiti, senhor, que eu faça uma pergunta ao mensageiro de Sua Alteza, o príncipe Karafanro?

Estranhando o gesto do sacerdote, o Faraó respondeu:

— Sim, grande sacerdote.

O sacerdote Batah olhou para o mensageiro e perguntou-lhe:

— Quando saiu da Núbia?

— Há duas semanas — respondeu o mensageiro.

— E quando chegou a Abu?

— Ontem, pela tarde.

O sacerdote se dirigiu ao Faraó e disse-lhe:

— Oh, adorado rei! O assunto é terminantemente estranho! Ontem, este honorável mensageiro chegou do sul com a notícia de que as tribos de Messayo haviam se rebelado, e ontem mesmo um grupo de chefes de Messayo chegou do extremo sul, para manifestar sua obediência a seu senhor, o Faraó, e elevar diante de suas portas sagradas os mais sublimes agradecimentos pela graça e pela paz que lhes foi outorgada. Portanto, como se explica isso?

Foi algo que ninguém esperava e causou uma grande surpresa para todos. Depois disso, um inusitado movimento apoderou-se de suas cabeças. Os governadores e os sacerdotes começaram a intercambiar olhares de perplexidade e interrogação; os príncipes sussurraram entre si, enquanto Sufakhotep sentia como se seu coração tivesse sido tomado de assalto. Apavorado, olhou para seu senhor e viu que ele agarrava o cetro com força; apertava tanto que até suas veias incharam, seu rosto chegou a mudar de cor. Temendo que o rei fervesse de cólera, Sufakhotep resolveu perguntar ao sacerdote:

— Pode me dizer quem lhe deu essa notícia, grande sacerdote?

— Eu vi com meus próprios olhos, ministro. Ontem mesmo fui ao templo de Sótis, e lá o sacerdote me apresentou a uma delegação de negros que disseram ser chefes das tribos de Messayo, e que o motivo de sua visita ao templo era para ratificar obediência ao Faraó. E ainda passaram a noite como convidados do ministro daquele templo.

Na tentativa de desvirtuar as palavras do sacerdote, Sufakhotep ainda perguntou:

— Esses homens não seriam da Núbia?

O sacerdote replicou com segurança:

— Absolutamente, ministro. Eles disseram que eram de Messayo. Aliás, não precisamos ir muito longe, porque temos aqui entre nós um homem — o comandante Tahu — que enfrentou os messayos em várias batalhas, e, portanto, conhece todos os seus chefes. Agora, se Sua Majestade achar por bem chamar esses chefes até aqui, poderá fazê-lo. Só assim dirimiremos nossas dúvidas.

O rei estava tão apreensivo e nervoso que não soube como fazer para recusar a proposta do sacerdote. Sentiu que todos olhavam para ele ansiosa, suplicante e interrogativamente. Por fim, chamou um mensageiro e disse-lhe:

— Vá ao templo do deus Sótis e traga os representantes dos negros para cá.

O mensageiro acatou as ordens e saiu apressadamente. Todos ficaram aguardando, como se cada um deles tivesse um pássaro revoando sobre suas cabeças. A perplexidade se refletia no semblante de todos que não se furtavam em guardar silêncio, ainda que tivessem indagações a fazer um para o outro. Sufakhotep olhava furtivamente para seu senhor, pois temia o que estava por vir. Passaram momentos pesados e dolorosos, como se lhes arrancassem a própria carne. Sentado em seu trono, o rei contemplava a angústia dos governadores e o silêncio dos sacerdotes. Seus olhos não podiam disfarçar os sentimentos conflitantes que ferviam em suas entranhas. Todo mundo parecia ouvir um barulho que vinha de longe. Saíram de si e aguçaram os ouvidos. O barulho já estava perto da praça do palácio. As vozes se elevavam pouco a pouco, e, à medida que se aproximavam, o barulho se fazia cada vez mais forte, até que invadiu todos os recantos. Era mesclado e indecifrável. A distância que separava a turba e os reunidos era apenas o grande pátio do palácio. O rei mandou um mensageiro para ver o que estava acontecendo. Este se ausentou por algum tempo e voltou em seguida dizendo aos ouvidos do rei:

— Uma grande multidão encheu o pátio do palácio, senhor, e está em volta dos carros que trouxeram os chefes dos negros.

— E o que estão fazendo lá?

— Estão aclamando os fiéis amigos do sul e o pacto de paz.

O homem vacilou um pouco e depois prosseguiu:

— Senhor, estão aclamando o nome de Khanum Hotep como o responsável pelo pacto de paz.

Com isso, o rosto do Faraó empalideceu de cólera. Desesperado, perguntou a si mesmo: como vou receber esse povo que está aclamando os chefes messayos em prol da paz e jogá-

RHADOPIS, A CORTESÃ

lo contra eles ao mesmo tempo!? Permaneceu esperando, mergulhado em cólera, tristeza e abatimento.

Um oficial da guarda anunciou a chegada dos chefes negros. Abriu a porta de par em par e fez a delegação entrar, encabeçada por seu chefe. Eram dez pessoas robustas. Suas vestes eram apenas um pano que lhes cobria da cintura para baixo. Em suas cabeças levavam coroas feitas de folhas. Prosternaram-se todos e avançaram de joelhos até o trono. Diante do Faraó, beijaram o solo e depois este estendeu-lhes o cetro, que também foi beijado com devoção. Quando o Faraó ordenou que se levantassem, o chefe da delegação disse em dialeto egípcio:

— Adorado senhor, Faraó do Egito, dono do vale e adorado de todas as tribos. Estamos aqui diante do vosso reino, para apresentar as mais calorosas manifestações de humildade, submissão e agradecimento por todo o bem-estar que Sua Majestade tem nos outorgado, pois graças a vossa clemência temos tido boa comida e bebido água pura.

O rei os congratulou, levantando a mão. Os olhares se dirigiram para o rei como que pedindo-lhe que fizesse perguntas acerca do que foi dito em relação aos messayos. O empacado rei finalmente perguntou-lhes:

— De que tribo vocês são?

— Meu adorado senhor, nós somos os chefes das tribos de Messayo, que imploram glória a Vossa Majestade — respondeu o chefe.

O rei tornou a ficar calado, não se atreveu a perguntar-lhes nada sobre a multidão que tinha se aglomerado no pátio do palácio, pois estava angustiado tanto pelo lugar como pelas pessoas que ali estavam, mas se limitou a agradecê-los, dizendo:

— O Faraó agradece e abençoa seus fiéis escravos. E o coração do Faraó se abrasava de cólera cada vez mais, pois tinha assimilado um golpe mortal que os sacerdotes desferiram em uma luta implícita, que só ele e os sacerdotes conheciam. Como não agüentava mais aquela situação constrangedora, resolveu rebelar-se contra sua derrota e disse em tom estridente:

— Tenho uma carta que não deixa lugar a dúvidas. Não estamos aqui para discutir se as tribos seguem ou não seus chefes. O fato é que há rebeliões e dissidências e que nossos soldados estão cercados agora.

Estas palavras fizeram resgatar o entusiasmo dos governadores, e o de Tebas exclamou:

— Senhor, a sabedoria divina colocou as palavras em vossa boca. Nossos irmãos esperam por socorro. Não podemos, portanto, ficar aqui perdendo tempo com discussões. A verdade está muito clara.

O Faraó emendou com determinação:

— Atenção, governadores! Vocês hoje estarão dispensados de participar da festa do Nilo, pois terão uma tarefa de grande responsabilidade pela frente. Quero que voltem para suas províncias e mobilizem seus exércitos. Não percam tempo, senão pagaremos muito caro pela demora.

Depois de proferir estas palavras, o rei pôs-se de pé e deu por encerrada a reunião, levantaram-se todos para prestar-lhe reverência e depois saíram.

AS ACLAMAÇÕES

Depois da reunião, o Faraó saiu direto para o seu pavilhão particular. Mandou chamar seus dois homens de confiança — Sufakhotep e Tahu —, que atenderam ao chamado de pronto. Ambos estavam muito abalados, porém conscientes de que a situação era bastante crítica. Encontraram o rei como haviam imaginado: nervoso e agitado, andando na sala de um lado para o outro e rugindo como uma fera. Quando se advertiu de sua presença, desabafou, soltando chispas pelos olhos:

— Traição! Esse ambiente asfixiante me cheira a traição!

Tahu interveio:

— Senhor, não quero ser pessimista nem quero pensar mal, mas minha intuição não chega a essa grave conclusão.

O rei bateu violentamente o chão com o pé e retrucou, enfurecido:

— Afinal, por que essa maldita delegação veio para cá? O que veio fazer aqui? Por que chegou hoje, precisamente hoje?

Visivelmente chocado, Sufakhotep disse:

— Foi uma triste e estranha coincidência!

— Coincidência? — replicou o Faraó, indignado. — Não pode ser uma coincidência em absoluto! É uma traição de gente mesquinha, mascarada com astúcia e artimanha! Não, ministro, essa gente não veio até aqui por acaso, mas sim propositadamente para dizer paz quando nós dizemos guerra. Meu inimigo, portanto, deu um golpe baixo e manifestou obediência ao mesmo tempo, estando ele debaixo do meu nariz.

O rosto de Tahu se ensombreceu de tristeza. Sufakhotep, por sua vez, estava desesperado e começou a falar consigo mesmo:

— Se foi traição, então quem é o traidor?

Como se lesse o pensamento de Sufakhotep, o rei perguntou dando socos no ar:

— Isso mesmo! Quem é o traidor? Para mim, não existe problema sem solução. Não. Eu não trairia a mim mesmo, nem Sufakhotep, nem Tahu, muito menos Rhadopis faria isso. Então só pode ser aquele miserável mensageiro. Que pena que Rhadopis tenha se enganado!

Isso chamou a atenção de Tahu, que de pronto disse:

— Posso trazê-lo aqui para arrancar a verdade de sua boca.

O rei contestou balançando a cabeça:

— Não, Tahu, calma! O criminoso não espera que se vá pegá-lo. Certamente, estará desfrutando do preço de sua traição em algum lugar que só os sacerdotes conhecem. Como foi que se enredou essa trama, eu não sei, mas posso jurar por deus Sótis que souberam da mensagem antes da partida do mensageiro e, sem perder tempo, mandaram um mensageiro da parte deles. Quando o meu mensageiro voltou com a missiva, o deles veio com a delegação. Traição!... Baixeza!... Estou vivendo entre meu povo como um prisioneiro! Que os deuses amaldiçoem a vida e todas as pessoas!

Os dois homens guardaram a tristeza e o temor em silêncio. Às furtadelas, Tahu olhava com aflição para seu senhor e, na tentativa de querer devolver a esperança àquele ambiente estarrecedor, disse:

— O nosso consolo, agora, é darmos o golpe de misericórdia.

— E como poderemos dar esse golpe? — perguntou o Faraó.

— Os governadores já estão a caminho de suas províncias, para mobilizarem os exércitos.

— Mas você acha que os sacerdotes vão ficar de braços cruzados diante de um exército que eles sabem que está se mobilizando para acabar com eles?

Sufakhotep, que sucumbia ao peso do abatimento, endossava as idéias do rei. E para aliviar esse peso que recaía sobre ele, disse como se estivesse perdendo o ânimo:

— Tomara que os nossos temores sejam meras fantasias, que isso que nós estamos chamando de traição seja pura coincidência e que essa nuvem cinzenta se dissipe do modo mais simples possível.

Mas o Faraó rechaçou o conformismo de Sufakhotep, dizendo:

— Não esqueci da imagem cabisbaixa daqueles sacerdotes. Sem dúvida, guardavam um perigoso segredo. Quando o grande sacerdote Batah tomou a palavra, inibiu o entusiasmo dos governadores e ainda pronunciou seu discurso com uma confiança invejável. Ele agora deve estar falando como se tivesse dez bocas. Ah, maldita seja a traição! Não, não, Mernerá não pode e nem viverá sob a clemência dos sacerdotes!

Desgostoso com a angústia de seu senhor, Tahu disse:

— Senhor, Sua Majestade precisa manter a seu lado um corpo forte de guarda, do qual um só homem valerá por mil homens deles e dará a vida pelo seu senhor.

Esgotado, o rei não quis falar mais nada. Sentou no seu confortável divã e se entregou aos pensamentos de sua cabeça quente. Será que com todos esses problemas o rei conseguirá chegar ao seu intento, ou fracassará para sempre? Que situação difícil! É uma linha que divide a glória e a vilania, a força e a ruína, o amor e a desgraça. Antes havia recusado a devolver as terras usando da astúcia. Mas será que vai ser obrigado a renunciar dessa astúcia para salvar o trono? Esse dia não chegará, e se chegar, ele não aceitará jamais essa baixeza. Suspirou e disse com lástima para si mesmo: Ah, se minha sorte não tropeçasse na traição! A voz de Sufakhotep interrompeu-lhe os pensamentos, dizendo:

— Senhor, está chegando o momento da festa.

O rei olhou para ele como se despertasse de um sonho profundo e balbuciou: "É verdade." Levantou-se em seguida e foi para a sacada que dava para o grande pátio do palácio, onde o exército dos carros o estava esperando alinhado. Ao longe se via a praça cheia de gente. Lançou um olhar melancólico para aquele panorama festivo, depois voltou para sua sala. Entrou em seus aposentos, ausentando-se por algum tempo, e saiu com vestimenta de pele de tigre, adornada com a medalha do sacerdócio e a dupla coroa. Quando se preparavam para sair, um mensageiro entrou, saudou seu senhor e disse:

— Tam, o chefe da guarda de Abu, pede permissão para apresentar-se ao senhor.

O rei e seus dois conselheiros perceberam que algo de errado estava por vir. Em seguida, o chefe da guarda entrou afoito e nervoso, saudou seu senhor e disse-lhe:

— Senhor, venho aqui para rogar a vossa sagrada pessoa que não vá ao templo do Nilo.

O coração dos dois homens bateu forte, e o rei, meio que incomodado, perguntou-lhe:

— Por que está dizendo isso? O que está acontecendo, afinal?

O homem respondeu, ofegando:

— Acabo de ouvir muitos gritos e insultos dirigidos a uma pessoa nobre que meu senhor honra. Temo que esses insultos se repitam durante o cortejo.

O coração do Faraó bateu fortemente, e seu sangue começou a ferver nas veias. Tornou a perguntar-lhe, porém desta vez em tom aterrador:

— Mas o que eles diziam?

Apavorado, o homem engoliu saliva e disse:

— Diziam: "Que caia a meretriz, que caia aquela que arruína os templos!"

O rei ferveu de cólera e deu um grito atroador:

— Maldição! Tenho que dar um golpe que alivie o meu peito, senão eu vou explodir.

O homem ficou ainda mais assustado e acrescentou:

— Os criminosos ainda desafiaram os meus homens, e houve até enfrentamentos entre nós e eles. O tumulto durou pouco tempo, e foi aí que os gritos se elevaram ainda mais.

Trincando os dentes de raiva, o rei fez-lhe outra pergunta:

— O que disseram além disso?

O homem inclinou a cabeça e disse em voz baixa:

— A arrogância deles feriu alguém mais alto ainda.

— Eu? — perguntou o rei, aturdido.

O homem se calou e seu rosto ficou vermelho. Naquele momento, Sufakhotep não se conteve e exclamou:

— Não posso acreditar no que estou ouvindo!

— Isso é uma loucura, é um desvario! — gritou Tahu.

O Faraó soltou uma gargalhada histérica e perguntou novamente ao chefe da guarda, com um tom irônico porém muito amargo:

— O que meu povo falou de mim? Fale, Tam, é uma ordem!

— Os idiotas se referiram ao meu senhor dizendo assim: "Nosso rei se diverte, queremos um rei sério!" — respondeu Tam.

O rei soltou outra gargalhada e exclamou grotescamente:

— Que pena! Mernerá já não serve mais para o trono dos sacerdotes. Falaram mais alguma coisa, Tam?

O homem respondeu com uma voz tão baixa que quase não dava para se ouvir:

— Senhor, eles aclamaram longamente a rainha Nitócris. Diziam assim: "Viva Sua Majestade, a rainha Nitócris!"

Um ligeiro brilho se refletiu nos olhos do rei. Começou a repetir o nome de Nitócris por entre os dentes, como se recordasse algo que havia caído no esquecimento há um longo tempo. Os dois conselheiros e o chefe da guarda ficaram olhando um para o outro, espantados, até que o Faraó percebeu, mas não quis tocar no assunto da rainha, para não piorar mais a situação. Pensou consigo mesmo: "Qual seria a reação da rainha Nitócris diante dessas aclamações?" Angustiou-se ainda mais e sentiu uma violenta onda de cólera, aliada a uma rebeldia desenfreada. Virou para Sufakhotep e perguntou com aspereza:

— É chegado o momento de ir?
— Meu senhor não deve fazer isso! — interveio Tam.

O rei insistiu em tom violento:

— Por que não me responde, Sufakhotep?
— Esperemos mais um pouco. Pensei que meu senhor tinha desistido — disse Sufakhotep com sua costumeira calma.
— Não, eu não desisti. Irei ao templo do Nilo de qualquer maneira e passarei no meio daquelas pessoas descontentes. Vamos ver o que acontece. Quanto a você, Tam, volte ao seu posto — disse o Faraó com calma, antecipando-se à tempestade.

A ESPERANÇA E O VENENO

Naquela manhã, Rhadopis estava sentada no seu confortável divã, entregue aos sonhos. Era um dia especial e se destacava dos outros por suas emocionantes festividades e grandes triunfos. Quanta felicidade! Quanta alegria! Seu coração nesse dia era como um lago de água perfumada em cujas margens brotavam flores, e em cujo ambiente cantavam rouxinóis inebriados de alegria. Que vida cheia de felicidades! Quando receberia a notícia do bom êxito? Bem, isso acontecerá no entardecer, quando o sol começar a viagem para o outro mundo, e o coração dela começar a sua para o mundo da felicidade, e ela receber o amado. Quão bonito será esse momento! O momento do entardecer é o momento do amado, quando este chega com sua bela estatura e terna juventude, para tocar sua cintura fina e envolvê-la com seus braços musculosos; implorar seu doce nome, e informar-lhe o bom êxito, dizendo que os sofrimentos acabaram, que os governadores saíram para mobilizar seus exércitos e que viva o nosso amor! Ah, quão belo é o entardecer!...

Ela, que passou um longo e insuportável período de um mês esperando o retorno do mensageiro, o que faria para que esse dia passasse mais rápido? O pouco tempo que restava daquele dia estava se tornando uma eternidade. Não obstante, era uma angústia que se aliava à tranqüilidade, e um temor que se difundia com a felicidade. Começou a divagar em seus pensamentos aqui e acolá, como se quisesse ignorar a espera e enganar o tempo, até que sua divagação tropeçou no amante ajoelhado em seu templo, na sala de verão: Benamon Ben Bassar. Que rapaz fino e agradável! Ela vinha estudando uma maneira de recompensá-lo pelo grande favor que lhe havia feito, pois voara como uma pomba até o extremo sul e voltara ainda mais rápido do que quando partiu, impulsionado por um desejo que lhe dava forças para percorrer o longo e árduo caminho. Teve momentos em que ela sentiu vontade de livrar-se dele, mas voltou atrás lembrando que a humildade do rapaz havia lhe ensinado que no universo do amor existe um que não conhece o egoísmo, nem a possessão, nem a inveja, e que se contenta com sonhos e fantasias. Que jovem sonhador, alheio aos conflitos da vida! Se lhe pedisse um beijo, por exemplo, ela não teria outra saída a não ser dar-lhe a boca. Mas ele não queria nada, não queria nem tocá-la, pois temia que se a tocasse poderia arder em fogo oculto, por não achar, talvez, que ela fosse alguém que se pudesse tocar ou beijar. Não a via com olhos humanos, portanto não conseguia vê-la como um mortal. Contentava-se em viver de sua beleza, como vivem as plantas na terra do sol que flutua nos céus.

Suspirou e disse a si mesma: "O amor é realmente um mundo muito estranho." Mas o seu emana da essência da mesma vida. A força que a atraía para seu senhor era a força da vida, completa e maravilhosa. O amor de Benamon, no entanto, era absorvente e o isolava de quase tudo; permanecia em horizontes longínquos e só se fazia perceber em suas mãos habilidosas, às vezes, em sua tartamuda e cálida língua. Por um lado, o amor de Benamon é tão delicado que se transforma em sonho; por outro, é tão forte que faz propagar vida em rocha dura. Sendo assim, como ela poderia pensar em livrar-se dele, quando não a obriga a nada? Que o deixe, então, absorto e tranqüilo em sua contemplação, esculpindo em suas paredes silenciosas as mais belas imagens que cingem seu formoso rosto.

Tornou a indagar-se com veemência: "Quando chegará o entardecer?" Maldita seja a criada Shith que insistiu em ir a Abu para assistir à festa do Nilo! Se estivesse ao seu lado, pelo menos a teria distraído com suas tagarelices e maledicências.

Quão belas são as lembranças! De pronto, veio-lhe à mente uma série de lembranças da festa passada, quando esteve em seu luxuoso palanquim, abrindo passagem por entre as multidões, para ver o jovem Faraó. Assim que seus olhos bateram nele, o coração palpitou com sofreguidão. O formigamento do amor causou-lhe uma sensação estranha, ela que estava acostumada ao desdém e à soberba. Achou que era uma inquietação passageira, ou algum encantamento mágico. Ah, que dia memorável quando a águia roubou-lhe a sandália para soltá-la no peito do Faraó, que nem esperou o dia seguinte para visitá-la. Desde então, o amor invadiu sua alma e mudou sua vida por completo.

Mas desta vez ficou em seu palácio, enquanto o mundo lá fora esbaldava-se em festividades. Não podia participar senão de forma calculada, pois tinha deixado de ser Rhadopis, a formosa dançarina de um ano atrás, para ser o coração palpitante do Faraó. Seus pensamentos se perdiam aqui e ali, mas voltavam sempre ao ponto central de sua preocupação. Perguntava-se: o que teria acontecido na importante reunião que seu senhor disse que convocaria para a leitura da carta? Teriam se reunido? Teriam atendido e acatado sua domada esperança? Ah, quando chegará o entardecer!?

Cansou-se de ficar sentada e começou a andar. Aproximou-se da janela que dava para o jardim e olhou para o longínquo horizonte. Ficou ali não se sabe por quanto tempo, até que ouviu uma mão agitada batendo à porta. Era a sua criada, Shith, que entrou ofegante, com o olhar assustado e com o peito subindo e descendo. Seu rosto estava pálido como se acabasse de sair do leito depois de uma longa enfermidade. Rhadopis sentiu aperto no coração, pressagiando algo de mal. Assustada, perguntou:

— O que houve, Shith?

Vencida pelo choro, a criada não conseguiu pronunciar uma palavra, ajoelhou-se diante de sua senhora, cruzou as mãos e começou a chorar, muito nervosa. Incomodada com aquela cena patética, Rhadopis disse, gritando:

— O que aconteceu, Shith? Pelos deuses, fale! Não me deixe angustiada desse jeito! Sinto que minha cabeça vai explodir! Fale, por favor!

A mulher suspirou profundamente e, soluçando, disse:

— Senhora... Senhora... Eles estão agitados, rebeldes e...

— Eles quem?

— O povo, senhora. Estão fervendo de cólera. Parecem loucos. Que os deuses cortem-lhes a língua!

Apavorada, Rhadopis perguntou:

— O que eles estão dizendo?

— Ah, senhora, são todos uns loucos. A língua dessa gente é afiada e venenosa.

Rhadopis quase enlouqueceu de medo e gritou com agudeza:

— Não me atormente, Shith! Pelos deuses, diga-me a verdade sobre tudo o que falaram!

— Estão falando mal da senhora. O que a senhora fez para merecer tudo isso?

Rhadopis levou a mão ao peito, arregalou os olhos e balbuciou com voz entrecortada:

— Falando mal de mim? Essa gente tem raiva de mim? Será que num dia sagrado como hoje essa gente não tem outra coisa a fazer senão falar mal de mim? Pelos deuses, Shith, diga-me o que essa gente está falando! Quero a verdade, suplico-lhe!

A mulher tornou a chorar amargamente e disse:

— Esses loucos acusam a senhora de abusar dos bens dos deuses.

Rhadopis suspirou do fundo de sua alma e disse com tristeza:

— Ai de mim! Meu coração está em frangalhos e temo ainda pelo pior. O esperado êxito poderá se perder por entre as vozes e os gritos de ira dessa gente. Não teria sido melhor evitar tudo isso em consideração ao seu senhor?

A criada bateu no peito e vociferou com raiva:

— Nem o nosso senhor se salvou da maldade de suas línguas!

Um grito de horror escapou da boca de Rhadopis, que sentiu um tremor sacudir-lhe todo o corpo. Perguntou indignada:

— Mas o que é isso? Desrespeitaram até o Faraó?

— Lamentavelmente sim, minha senhora. Eles diziam: "O Faraó é libertino, queremos um rei sério!" — respondeu a mulher, chorando.

Rhadopis levou as mãos à cabeça como se implorasse por socorro. Seu corpo se retorcia de dor. Atordoada, sentou-se no divã e exclamou:

— Pelos deuses! Que desgraça é essa!? Como a terra não treme e as montanhas se abatem? Como o sol não derrama seu fogo sobre a terra?

A criada contestou:

— A terra está tremendo sim, minha senhora, e o povo está metido em uma violenta luta com a guarda. Há um grande motim, e o sangue está se derramando por todas as partes. Eles quase me pegaram. Consegui escapar não sei como, subindo num barco que me trouxe até a ilha. Meu susto foi maior ainda quando vi o Nilo tomado de embarcações com todo aquele povo a bordo, gritando como os demais, como se todos estivessem em comum acordo.

O abatimento invadiu Rhadopis, e uma onda asfixiante de desespero começava a afogar impiedosamente suas manifestas esperanças. Perguntou a si mesma: O que estará acontecendo em Abu, agora? Como se deram esses tristes acontecimentos? O que teria levado o povo a perder a paciência e o encanto? O destino da carta teria sido o fracasso que condenaria à morte suas esperanças? O ambiente era nebuloso e escuro, no qual pairavam chispas de um mal iminente. Seu coração não atingirá o sabor da tranqüilidade. O medo assassino a espreitava como um frio intenso. De repente, pôs-se a gritar em tom choroso e suplicante:

— Socorro, oh deuses! Acaso meu senhor aparecerá para esse povo conflitante?

— Não, senhora. Não acredito que o Faraó saia de seu palácio sem antes castigar esses rebeldes — assegurou a criada.

— Pelos deuses! Você não sabe como ele é, Shith! Meu senhor se irrita à toa e é extremamente irredutível. Estou com medo. Meu coração não agüenta mais esse tormento. Tenho que ir vê-lo agora mesmo.

A criada sentiu um frio na espinha e de pronto contestou:

— Isso é impossível, senhora, pois as embarcações cobrem as águas e estão cheias de rebeldes; além disso, toda a guarda da ilha está concentrada nas margens do rio.

Rhadopis levou as mãos à cabeça e gritou:

— Por que o mundo está se estreitando para mim, fechando suas portas? Sinto-me como se estivesse dando voltas ao redor de um poço estreito de angústias. Ah, meu amor! Como estará agora e qual será o caminho para chegar até você?

Como se quisesse aliviar a angústia de sua senhora, Shith disse-lhe:

— Tenha paciência, senhora, pois essa nuvem negra haverá de passar logo.

— Meu coração se esfacela só de pensar em seu sofrimento. Ai, meu amor e meu senhor! Quem dera soubesse o que está passando agora em Abu!

Não agüentou mais. As dores de seu coração se fundiram fazendo fluir lágrimas cálidas em seu rosto formoso. Shith ficou assombrada por aquela cena triste, pois viu como Rhadopis, a dona do amor, do luxo, da soberba e da graça, estava entregue ao choro, desesperada, retorcendo-se de dor. Durante o torpor que a acometeu, lembrou como suas esperanças se desvaneceram tão rapidamente, visto que até então estavam mais vivas do que nunca. Seu coração experimentou a frialdade da desesperança. Balbuciou para si mesma: poderia essa gente de alguma maneira humilhar o meu senhor, a ponto de privá-lo de sua felicidade, ferir-lhe o orgulho e ainda fazer do meu palácio objeto de chacota e discriminação? A vida não teria sentido se alguma dessas preocupações fosse realizada. Para ela, seria melhor despedir-se da vida, caso esta fosse desprovida de glória e felicidade. Rhadopis é isso: ou ela vive da glória e do amor ou morre.

Pensou longamente em seus problemas até que a memória de suas tristezas trouxe-lhe algo que tinha se diluído no esquecimento. De repente, teve uma idéia. Levantou-se e foi lavar o rosto com água fria, para apagar as marcas que as lágrimas deixaram em seu rosto. Disse para Shith que ia conversar com Benamon sobre algumas coisas. O jovem, como sempre, estava concentrado em sua obra, alheio aos graves acontecimentos que transcorriam lá fora. Quando percebeu a presença de Rhadopis, seu rosto se encheu de alegria, mas logo ficou sério, e exclamou:

— Juro por sua beleza divina que está triste hoje.

— Não, só estou cansada, com um pouco de mal-estar — contestou ela, baixando os olhos.

— O ambiente aqui está muito quente. Por que não senta na beira da alberca para descansar um pouco?

— Não. Eu vim pedir-lhe uma coisa, Benamon.

De pronto, ele cruzou os braços como se quisesse dizer que estava às ordens.

— Benamon, lembra da conversa que tivemos sobre os estranhos venenos compostos pelo seu pai?

— Claro que lembro! — respondeu ele, com certa estranheza.

— Benamon, eu queria que me arrumasse um frasco do veneno que seu pai batizou como "o veneno feliz".

Isto suscitou mais estranheza no jovem escultor, que disse, balbuciando:

— Mas, para quê?

Ela explicou com muita tranqüilidade:

— É que eu conversei com um médico a respeito desse veneno, e ele ficou muito interessado. Então pediu-me que arranjasse um frasco na esperança de salvar a vida de um de seus pacientes. Eu prometi-lhe que arranjava sem falta. Agora, Benamon, quero que me prometa que vai trazê-lo o mais rápido possível.

O jovem respondeu com satisfação, pois ficava feliz por qualquer coisa que ela pedisse:

— Trarei o frasco hoje mesmo.

— Como hoje? Não terá que ir a Âmbus para trazê-lo?

— Não, não. Tenho um frasco no meu alojamento, em Abu.

A confissão do jovem deu a Rhadopis um pouco de ânimo, apesar da tristeza que sentia. Ficou séria, olhando fixamente para Benamon, que baixou os olhos e ruborizou, mas depois ele disse em voz baixa:

— Eu o trouxe naqueles dias de dor, na época em que quase cometi o suicídio. Não fosse o carinho que tem me demonstrado, eu estaria agora no reino de Osíris.

Assim que Benamon saiu para buscar o frasco de veneno, ela deu de ombros como que desprezando a vida e disse:

— Posso escapar de algo muito pior.

A FLECHA DO POVO

Tahu acatou a decisão do Faraó, reverenciando-o em meio ao temor e ao nervosismo. Os dois homens ficaram em pé e calados por alguns instantes, até que Sufakhotep resolveu sair de seu mutismo e disse:

— Rogo encarecidamente ao meu senhor que desista dessa idéia de ir ao templo hoje.

O Faraó nem quis ouvi-lo. Franziu a testa e disse com raiva:

— Não ir ao templo hoje significa fugir, Sufakhotep.

— Mas o povo está agitado e rebelde, e meu senhor tem que ser cauteloso, pois o momento é difícil e perigoso.

— Meu coração me diz que o nosso plano está definitivamente fracassado. Se eu não for ao templo hoje, perderei o respeito para sempre.

— Mas e essa rebelião do povo, meu senhor?

— Estará silenciada e calma quando essa gente me vir entrar de carro para romper suas filas como um magnífico obelisco. É preferível enfrentar o perigo a retroceder.

O Faraó andava na sala de um lado para o outro, bastante transtornado. A partir daí, Sufakhotep se sentiu reprimido e não disse mais nada. Olhou para Tahu como que suplicando-lhe socorro. Mas o comandante estava mergulhado em suas preocupações, evidenciadas pela cor de seu rosto, pelo olhar disperso e pelo peso de suas pálpebras. Reinou um profundo silêncio naquele recinto, no qual só se ouviam os passos do rei, até que um mensageiro entrou apressado e nervoso, inclinou-se para o rei e disse:

— Há um oficial que deseja fazer um comunicado a Vossa Majestade.

O rei autorizou a entrada do oficial e olhou para seus dois homens, pois queria ver a reação deles perante o mensageiro. Encontrou-os agitados e nervosos. Deu um sorriso irônico e balançou seus ombros largos com desprezo. O oficial entrou desesperado e ofegante. Sua roupa e seu barrete estavam amassados e anunciavam que algo de mal estava acontecendo. Saudou o rei, sem que este lhe desse permissão para falar e disse:

— Meu senhor, o povo e o corpo de guarda travam neste momento um violento combate entre si. Há muitos mortos de ambas as partes. Agora, se não recebermos reforços da guarda faraônica, o povo poderá nos aplicar uma derrota sem precedentes.

Sufakhotep e Tahu ficaram assustados com esta informação. Olharam para o Faraó e viram como seus lábios tremiam de cólera. Este gritou em tom rouco:

— Juro por todos os deuses que este povo só veio para brigar, não para participar das festividades.

O oficial ainda acrescentou:

— Nossos espiões nos informaram que os sacerdotes incitam o povo com seus discursos nos arredores da cidade, dizendo que o Faraó se ampara em uma fingida guerra no sul, para reunir um exército com o qual pretende humilhar o povo. As pessoas acreditam no que ouvem e se revoltam. Agora, não fosse a intercessão da guarda, teriam chegado ao palácio sagrado de meu senhor.

O Faraó gritou como um trovão:

— Não há mais dúvidas. A abominável traição já está desvendada. Ei-los aqui manifestando a inimizade e ainda surpreendem-nos com o ataque.

Suas palavras soaram nos ouvidos de uma forma incrível. Os rostos pareciam interrogar-se com assombro e incredulidade: "Será verdade que este é o Faraó e este é o povo do Egito?"

Tahu não agüentou mais e disse:

— Senhor, este é um dia terrível. É como se o diabo se infiltrasse às escondidas no ciclo do tempo e desse início ao derramamento de sangue, cujo término só os deuses sabem. Permiti que eu cumpra com minhas obrigações.

— E o que vai fazer? — perguntou o Faraó.

— Distribuirei os soldados nos lugares de defesa fortificados e conduzirei o batalhão dos carros para conter os rebeldes, antes que vençam o corpo de guarda da cidade e ocupem a praça do palácio.

O Faraó deu um sorriso enigmático, calou-se por um momento e disse:

— Eu mesmo conduzirei o batalhão.

O coração de Sufakhotep quase saiu pela boca. Contestou dando um grito:

— Meu senhor!!!

O rei bateu no peito com força e disse:

— Este palácio, construído há milhares de anos, sempre foi fortaleza e templo, e eu não vou permitir que ele seja, justamente na minha era, um alvo fácil para qualquer rebelde.

De pronto, o rei tirou a pele de tigre, jogou-a no chão com desprezo e saiu depressa para seus aposentos. Voltou vestido com sua indumentária militar. Sufakhotep estava fora de si, pois temia o pior. O rei se dirigiu ao comandante Tahu e disse-lhe em tom de ordem:

— Comandante, não temos tempo a perder. Vá, prepare a defesa do palácio e aguarde as minhas ordens.

O comandante saiu junto com o oficial, e o ministro ficou esperando o rei.

Só que os acontecimentos não esperam, pois o vento trazia tumultos e gritarias que se intensificavam cada vez mais, até que encheram o horizonte. Sufakhotep correu para a sacada que dava para o pátio do palácio. Olhou na direção da praça e viu ao longe multidões correndo com espadas, punhais e cajados. Pareciam ondas de uma inundação devastadora, da qual só se viam cabeças desnudas e armas brilhantes. O ministro sentiu medo. Olhou para baixo e viu uma intensa movimentação de escravos fazendo barricadas atrás do grande portão. Os grupos de infantaria corriam como águias e subiam para as torres construídas em cima da muralha que dava para os lados norte e sul. Uma grande força dessa infantaria, armada com arcos e lanças, avançou em direção do corredor das colunas que conduzia ao jardim. Quanto aos carros, foram recuando em duas longas filas, para ficar debaixo de toda a extensão da sacada da muralha, prontos para o ataque, caso a porta exterior viesse a ser derrubada.

Sufakhotep ouviu passos atrás dele. Olhou e viu o Faraó à porta da sacada com sua indumentária de gala e, sobre a cabeça, a dupla coroa do Egito. Seus olhos emitiam chispas, e seu rosto emanava uma chama de cólera. Comentou com Sufakhotep:

— Ainda bem que não nos cercaram antes da nossa preparação!

— O palácio é uma fortaleza intransponível, senhor, e está sendo defendido por soldados corajosos. Os sacerdotes recuarão derrotados.

O rei permaneceu onde estava, chamou o ministro, e os dois começaram a ver em triste silêncio as multidões rugindo como animais ferozes. Gritavam empunhando suas armas: "O trono é de Nitócris!" "Que caia o rei libertino!" A guarda lançava flechas por trás das torres, mas não acertava em ninguém. Os rebeldes respondiam com uma chuva de pedras, madeiras e até flechas. O rei, que acompanhava toda aquela rebelião, balançou a cabeça e exclamou:

— Bem-vindo, meu povo rebelde! Bem-vindo, o povo que veio derrocar seu rei libertino! Que fúria é essa? Que rebeldia é essa? Por que me ameaça com tantas armas? Certamente quer cravá-las em meu coração, não é isso? Bem-vindo seja, então! Será uma cena digna de ser imortalizada nas paredes dos templos. Bem-vindo seja, oh povo do Egito!

A guarda lutava com valor e lançava as flechas como se fossem chuva. Quando um deles caía morto, outro o substituía imediatamente, desprezando a morte. E os comandantes, montados em seus cavalos, davam instruções a seus comandados, rodeando as muralhas.

Enquanto o rei contemplava aquelas cenas tristes, ouviu uma voz que conhecia muito bem, dizendo:

— Meu senhor... Meu senhor...

Perplexo, olhou para trás e viu que quem lhe chamava estava a dois passos dele. O rei exclamou, assombrado:

— Nitócris!?

A rainha, em tom melancólico, respondeu:

— Sim, meu senhor. Retumbam em meus ouvidos horrorosos gritos que nunca havia escutado neste vale. Estou aqui para manifestar minha solidariedade ao meu senhor, e compartilharmos o destino juntos.

Em seguida, a rainha se ajoelhou e baixou a cabeça em sinal de lealdade. Naquele momento, Sufakhotep pediu permissão para se retirar. O rei, então, pegou a rainha pelos braços e a fez levantar-se de sua prosternação. Ficou olhando para ela, desconcertado, sem saber o que dizer. Não a via desde o dia em que ela o visitara em seu pavilhão, quando foi duramente destratada por ele. O sentimento de dor e de embaraço do rei intensificou-se naquele momento, deixando-o absorto em suas reflexões. Mas os gritos do povo e dos combatentes acabaram por devolvê-lo à realidade. Então disse a ela com ironia:

— Obrigado, irmã. Venha ver meu povo, saudando-me neste dia de festa.

A rainha fechou os olhos e disse com profundo pesar:

— Infelizmente eles se sentem engrandecidos, proferindo estas palavras.

A ironia do rei transformou-se em cólera, indignação e repúdio. Replicou em tom repugnante:

— É um país de loucos! Um ambiente asfixiante e atordoador! Um povo sem coração! Traição, traição, traição!!!

Ao ouvir a palavra traição, a rainha estremeceu, seus olhos congelaram, tamanho foi o susto; e sentiu o ar que respirava sufocar-lhe o peito. Teria a revolta do povo mudado sua maneira de pensar em relação ao Faraó? Acaso seria castigada pela acusação do rei, depois de ter fechado seu coração, absorvendo todas as suas dolências? Afinal, foi ela que procurou voluntariamente o homem que a tinha humilhado e feito sofrer. Isso lhe doeu muito. No entanto, ela disse:

— Meu senhor, lamento por tudo que aconteceu. Não vejo outra saída a não ser compartilhar o destino juntos. Agora, eu queria saber quem é esse traidor e como se deu essa traição.

— O traidor é um mensageiro a quem confiei uma carta, e ele acabou entregando-a ao inimigo.

— Não sei de carta nenhuma nem de mensageiro nenhum, até porque não dispomos de tempo para que me explique todos os detalhes. Para mim, o mais importante agora é aparecer ao seu lado para que o povo que me aclama saiba que apóio meu senhor, o rei, e que sou inimiga de quem for contra Sua Majestade.

— Obrigado, irmã. Só que agora não tem mais escapatória. Tenho que me preparar para uma morte honrosa.

Pegou-a pelo braço e a conduziu para a sala de orações. Descerrou a cortina do portal e entrou com ela no luxuoso recinto. Em seu interior havia um fórnice esculpido na parede com duas estátuas do rei e da rainha, pais do Faraó. Os dois reis caminharam até as estátuas de seus pais, ficaram em pé diante deles, contemplando-os com olhos tristes e desolados. O jovem rei, em tom amargurado, dirigiu estas palavras para seus pais:

— O que acham de mim?

Calou-se por um momento, como que esperando uma resposta. De pronto, irritou-se consigo mesmo, fixou os olhos no rosto de seu pai e disse-lhe:

— Deixaste para mim um grande reino e uma sublime glória. O que eu fiz deles? Mal completei um ano de coroação e já estou à beira da ruína. Que lástima teres permitido que pisoteassem meu trono. Fizeste com que meu nome fosse ridicularizado pela boca do povo, que ainda me atribui uma alcunha nunca dantes aplicada a um Faraó: "o rei libertino."

E o rei baixou sua triste e pesada cabeça. Permaneceu com os olhos fixos no chão por algum tempo, depois levantou a cabeça e voltou a falar com a estátua de seu pai, balbuciando:

— Pode ser que tenhas encontrado em mim algo que te envergonhasse como pai, mas nunca te envergonharás de minha morte, disso eu te asseguro!

Virou para a rainha e perguntou-lhe:

— Você perdoa o meu mau comportamento, Nitócris?

Isso tocou-lhe profundamente o coração e fez com que seus olhos se anuviassem de lágrimas. No entanto, respondeu-lhe com simplicidade:

— Já esqueci de todas as preocupações.

— Sempre me comportei mal com você, feri seu amor-próprio e fui injusto por inúmeras vezes. Minha cólera inseriu uma página triste em sua biografia, uma página repelida pela ingratidão e estranheza. Como aconteceu tudo isso? Ah, se eu pudesse mudar o transcurso de minha vida! A vida me fez submergir, e a loucura se apoderou de mim, de tal modo que não posso manifestar qualquer arrependimento agora. Que pena! A razão consegue nos mostrar a estupidez, a insignificância, mas ao que parece não consegue evitá-las. Há algo pior do que essa tragédia que estou passando? Apesar de tudo, essa gente não tirará proveito dela mais do que um jogo de palavras. A loucura existirá enquanto houver humanidade. Ainda que eu pudesse refazer a minha vida, fatalmente não conseguiria evitar a queda outra vez. É, minha irmã, estou cheio de tudo, e não há nada que eu possa fazer, a não ser antecipar o meu fim.

A rainha se assustou com suas palavras e perguntou-lhe:

— Que fim, meu senhor?

Ele replicou com veemência:

— Não sou canalha! Sei das minhas obrigações, ainda que tivessem caído no esquecimento há algum tempo. O que se pode esperar dessa nossa resistência? Meus fiéis homens cairão diante de um inimigo incontável. Minha vez chegará impreterivelmente depois da queda de milhares dos meus soldados. Não sou nenhum covarde que se apega à vida, levado por um fio insignificante de esperança. Farei parar o derramamento de sangue, lutando sozinho contra esse povo.

As palavras do rei assustaram mais ainda a rainha, que disse com tristeza:

— Meu senhor estará deixando seus homens com a consciência pesada por não poderem defender-te até o final.

— Não, não quero que se sacrifiquem em vão. Só assim estarei cara a cara com o meu inimigo para saldarmos as nossas contas.

Ela sentiu um grande desgosto. Sabia que era demasiadamente teimoso. Perdeu as esperanças de convencê-lo e disse-lhe com tranqüilidade e determinação:

— Estarei a seu lado, aconteça o que acontecer.

Mas ele se inquietou. Pegou-a pelo braço e implorou-lhe:

— O povo está com você, Nitócris, e isso é um ponto positivo. Você é digna de governá-lo, portanto, fique com ele. Acho melhor não aparecer ao meu lado, porque essa gente dirá que o rei está tomando sua esposa como escudo para se proteger da fúria do povo.

— Mas como deixá-lo sozinho?

— Peço-lhe que o faça por mim, pois este é o meu desejo. Não faça nada que possa comprometer a minha honra para sempre.

A rainha sentiu-se fora de si, confusa e angustiada. Gritou, desesperada:

— Que momento terrível!

— É a minha vontade. Faça-o por consideração a mim. Peço-lhe que não lute, por honra aos nossos pais. A cada momento que passa, caem valiosos soldados. Adeus, minha generosa irmã! Estou indo agora, certo de que não me desonrará em meu último momento. Quem sempre desfrutou de um poder completo nunca se contentará em ficar encarcerado em seu palácio. Adeus à vida! Adeus aos deleites e dissabores! Adeus à glória mentirosa! Adeus às aparências vãs! Minha alma já se desfez de tudo e de todos. Adeus! Adeus!

Inclinou-se e beijou-lhe a cabeça. Olhou de novo para as estátuas de seus pais, baixando a cabeça para eles, depois saiu.

Encontrou Sufakhotep esperando-o, imóvel como uma estátua no corredor externo. Quando este viu seu senhor, reanimou-se e o seguiu em silêncio. Depois fez um comentário sobre a saída do rei:

— A aparição de meu senhor injetará ânimo em seus corações valentes.

O rei não respondeu nada. Desceram as escadas juntos para o longo corredor que se estendia do jardim ao pátio. Mandou chamar o comandante Tahu e ficou ali calado. Naquele momento, sua alma se estendeu para a zona sudeste, para Bija. Deu um suspiro profundo. Havia se despedido de tudo e de todos, menos daquela que ele mais ama. Morreria antes de lançar o último olhar ao rosto de Rhadopis e ouvir a sua voz pela última vez? Seu coração sentiu uma dolorosa saudade e uma grande tristeza. Só voltou a si quando ouviu a voz de Tahu saudando-o. De pronto, indagou Tahu sobre o caminho para Bija:

— O Nilo está sob controle?

O comandante contestou, muito pálido:

— Não, meu senhor. Tentaram nos atacar pela retaguarda com embarcações armadas, mas a nossa pequena frota conseguiu rechaçá-los sem problemas. Por ali é difícil chegar ao palácio.

O que interessava ao rei não era exatamente o palácio, por isso baixou a cabeça, e seu olhar escureceu. Acaso morrerá antes de lançar um olhar de despedida a Rhadopis, ele que tinha vendido o mundo e suas glórias por sua causa? O que Rhadopis estaria fazendo nesse momento de horror? Teria se inteirado do fracasso de suas aspirações, ou estaria nadando em felicidade, esperando impacientemente a sua volta?

O tempo não lhe permitia que se entregasse às tristezas. Trancou suas dores no coração e deu as seguintes ordens para Tahu:

— Mande seus soldados evacuarem as muralhas. Faça-os parar a luta e voltar para suas bases.

Tahu ficou assombrado com as ordens do rei. Sufakhotep não quis acreditar no que ouviu e contestou:

— Assim o povo poderá derrubar a porta a qualquer momento!

Tahu permaneceu imóvel. O rei então soltou um grito que ressoou como um trovão por entre as colunas do palácio:

— Cumpra minhas ordens!

Aturdido, Tahu saiu dali para cumprir as ordens de seu senhor. O Faraó avançou com passos firmes em direção ao grande pátio do palácio. No final do corredor, encontrou-se com os carros alinhados. Quando os oficiais e os soldados viram o rei, empunharam suas espadas para saudá-lo. O rei, então, chamou o comandante do grupo e disse-lhe:

— Volte com seu destacamento para suas bases e não saia de lá até que receba outras ordens.

O comandante reverenciou o Faraó e correu para sua companhia. Deu ordens para que seus soldados retirassem os carros e se movessem depressa e com disciplina para os quartéis do pavilhão sul do palácio. Sufakhotep tremia tanto que não conseguia ficar em pé. Compreendeu perfeitamente o que seu senhor pretendia fazer, só que desta vez não conseguiu abrir a boca.

E os soldados foram deixando suas posições inexpugnáveis, conforme a temerosa ordem, desceram das torres e das muralhas e até arriaram suas bandeiras. Depois empreenderam a marcha para suas bases, precedidos de seus oficiais. As muralhas, os corredores e o pátio ficaram vazios. Até a guarda que era encarregada da vigilância em tempos de paz evacuou a área.

O rei permaneceu parado à entrada do corredor junto com Sufakhotep, à sua direita. Tahu voltou ofegando e se colocou à sua esquerda. Seu rosto era como um espantoso fantasma. Os dois homens desejavam fazer mais uma tentativa no sentido de impedir a ação suicida do rei, mas o rosto imutável, duro e firme tirou-lhes a coragem, e acabaram ficando calados. O rei virou para eles e disse com tranqüilidade:

— O que estão fazendo aqui comigo?

Os dois homens se assustaram. Tahu só conseguiu pronunciar duas palavras, mas em tom suplicante:

— Meu senhor!

Quanto a Sufakhotep, disse com inusitada tranqüilidade:

— Se meu senhor quer que o deixe, acatarei suas ordens, mas acabarei com a minha vida logo em seguida.

Tahu suspirou como se tivesse encontrado uma solução que há muito se buscava, e balbuciou dizendo:

— Disse-o bem, ministro!

O Faraó continuou calado. De repente, ouvem-se alguns fortes golpes na porta. Ninguém se atreveu a pular pelas muralhas, como que temendo algo por causa da retirada repentina da guarda faraônica. Pensaram que estavam lhes preparando alguma armadilha mortal e começaram a usar todas as suas forças para golpear a porta, que não resistiu por muito tempo, já que seus marcos se romperam, abalando sua estrutura; e caiu com tanta violência que estremeceu a terra. As multidões irromperam com selvageria e foram se espalhando pela praça como uma tempestade de areia no deserto. Empurravam-se com violência, como se estivessem lutando entre si. A vanguarda avançava com atenção, temendo um ataque surpresa. Seguiram avançando até que ficaram próximos do palácio faraônico. Viram um homem que estava na entrada do corredor com a dupla coroa do Egito e o reconheceram, porém estranharam ao vê-lo ali parado olhando para eles. Os que estavam na frente cravaram seus pés no solo e abriram os braços para deter a devastadora corrente que vinha atrás. A vanguarda, então, gritou para as multidões:

— Devagar! Devagar!

Uma pequena esperança invadiu o coração de Sufakhotep, quando viu que a surpresa se apoderava dos cabeças dos rebeldes, paralisando-os por completo. Seu debilitado coração esperava um milagre que substituísse seus maus pressentimentos. Mas dentre os rebeldes havia astutos que não compartilhavam com o desejo de Sufakhotep, pois temiam que seu êxito se transformasse em uma derrota, ou que viessem a perder a causa para sempre. Uma mão pegou seu próprio arco, colocou a flecha, apontou para o peito do Faraó e disparou. A flecha partiu por entre as multidões e se cravou na parte superior do peito do rei. Sufakhotep gritou como se ele próprio tivesse sido atingido pela flecha. Estendeu os braços para segurar o rei e esbarrou na mão fria de Tahu. O Faraó apertou os lábios sem emitir sequer um gemido, tentou com as forças que ainda lhe restavam manter-se em pé, ainda que franzisse a testa em uma expressão de dor, mas não conseguiu. Sentiu fraqueza logo em seguida, e seus olhos se nublaram; depois se deixou à mercê dos braços de seus dois homens de confiança.

Por outro lado, um silêncio aterrador apoderou-se das filas de frente daquelas multidões, travando-lhes as línguas e provocando uma estupefação em seus olhares, que se dirigiam para aquele grande homem que tentava se manter em pé, cujas mãos apalpavam o lugar onde a flecha ficou cravada e se manchavam do sangue que corria pelo peito. Era como se não acreditassem no que estavam vendo, ou como se tivessem atacado o palácio com outro objetivo.

Até que uma voz que saiu das últimas filas rompeu aquele silêncio, perguntando:

— O que aconteceu?

— O rei está morto! — contestou outra em tom baixo.

A notícia correu com uma velocidade louca entre eles, que se chamavam aos gritos, muito embora trocassem olhares aturdidos.

Depois Tahu chamou um criado e ordenou-lhe que providenciasse um palanquim. O homem correu para o interior do palácio e voltou carregando-o junto com outros criados. Puseram o palanquim no chão, depois pegaram o Faraó com cuidado e o recostaram nele. A notícia se espalhou pelo palácio. O médico do rei chegou em seguida, acompanhado da rainha, que estava muito apreensiva. Quando viu o rei no palanquim, ficou apavorada e correu, antecipando-se ao médico. Pôs-se de joelhos e exclamou com voz rouca:

— Que horror! Acertaram o meu senhor, conforme ele previra!

Quando a multidão viu a rainha, alguém gritou:

— Sua Majestade, a rainha!

A partir de então, todos se inclinaram silenciosos, como se estivessem em uma oração coletiva. Naquele momento, o rei começou a recobrar os sentidos, abriu os olhos lentamente e foi girando a cabeça para ver quem estava ao seu redor. Atônito, Sufakhotep olhava fixamente para seu senhor, enquanto o médico examinava a ferida. A rainha, que estava com expressão de espanto e dor, perguntou ao médico:

— Como ele está? Diga-me que está bem, eu lhe suplico!

O rei, entendendo bem o sentido da pergunta, contestou serenamente:

— Não, Nitócris! É uma flecha mortal!

O médico tentou tirar a flecha, mas o Faraó disse:

— Deixe-a, esse sacrifício não vale a pena.

Sufakhotep ficou tremendamente impressionado com a reação do rei. Virou para Tahu e disse-lhe em tom rouco e vingativo:

— Reúna os soldados para vingar a morte de seu senhor!

Isso incomodou o rei, que levantou a mão com dificuldade e disse em tom de ordem:

— Não faça isso, Tahu! Vejo que o ministro Sufakhotep tenta desacatar as minhas ordens, estando eu ainda vivo e presente. Não haverá mais mortes. Diga aos sacerdotes que conseguiram o que queriam, que Mernerá II está no leito de morte e que voltem em paz.

Quando a rainha ouviu estas palavras começou a tremer. Aproximou-se do rei e sussurrou-lhe aos ouvidos:

— Meu senhor, não quero chorar diante de seus assassinos, porém fique tranqüilo quanto a isso. Juro por nossos pais e pelo sangue derramado que me vingarei de seus inimigos de tal forma que se falará disso de geração em geração.

O rei deu um sorriso ligeiro, como que demonstrando-lhe

seu agradecimento e carinho. O médico limpou a ferida, deu ao rei um líquido calmante e aplicou algumas ervas em volta da flecha. O rei se deixou por conta do médico, convencido de que sua hora poderia chegar a qualquer momento. Não esqueceu do querido rosto, do qual desejava despedir-se antes do inevitável final. Um olhar saudoso se estampou em seu rosto e o fez pronunciar inconscientemente seu nome, em voz baixa, sem dar conta dos que estavam ao seu redor:

— Rhadopis... Rhadopis...

A rainha, que estava com o rosto próximo ao do rei, ouviu estas palavras e sentiu como se lhe desferissem um golpe no coração. Atordoada, levantou a cabeça, sem prestar atenção aos sentimentos dos que ali estavam. O rei fez um sinal e disse para Tahu, em tom de súplica:

— Rhadopis!

O comandante perguntou-lhe:

— É para trazê-la aqui, senhor?

— Não, leve-me até ela. Em meu coração ainda palpita um pouco de vida que gostaria de perder em Bija — respondeu o Faraó, em voz baixa.

Nervoso e muito constrangido, Tahu só olhou para a rainha, que se levantou e disse-lhe com tranqüilidade:

— Acate as ordens do meu senhor.

O Faraó virou-se para a rainha e disse-lhe:

— Oh, irmã que sempre perdoou os meus erros, perdoe-me mais esta vez.

A rainha deu um sorriso triste, inclinou-se para beijar-lhe a testa, depois abriu passagem para que os criados levassem o Faraó até a ilha de Bija.

A DESPEDIDA

A embarcação zarpou rumo à ilha de Bija, levando a bordo uma carga magnífica em um palanquim. À cabeceira deste, ia o médico do Faraó, e, aos pés, iam os dois homens fiéis do reino — Tahu e Sufakhotep. Era a primeira vez que a tristeza pairava sobre aquela embarcação, pois levava seu dono ferido e sem chances de vida. Os homens guardavam um silêncio fúnebre, sem desviar os olhos do pálido rosto do rei, que, de vez em quando, levantava lentamente as pálpebras e lançava um olhar tristonho. A embarcação foi se aproximando pouco a pouco da ilha, até que atracou junto às escadarias do jardim do palácio dourado. Tahu sussurrou aos ouvidos de Sufakhotep:

— Será melhor que um de nós suba primeiro para que a mulher não leve um susto.

Sufakhotep, naquele momento, não estava preocupado com o sentimento de ninguém. Mas disse a ele o seguinte:

— Faça o que achar melhor.

Com isso, Tahu ficou um tanto hesitante e desabafou:

— Que notícia é essa que ninguém sabe passar!

Sufakhotep retrucou com agudeza:

— Do que é que tem medo, comandante? Não dá para esconder a desgraça que ninguém esperava, pois ninguém contava com isso!

Depois de dizer isso, Sufakhotep desembarcou e subiu rapidamente as escadarias do jardim. Atravessou o caminho que levava para a alberca. Quando chegou lá, encontrou-se com Shith, que se surpreendeu ao vê-lo, andando tão apressadamente. A criada quis dar as boas-vindas, mas ele a cortou, dizendo:

— Onde está sua senhora?

Shith respondeu:

— Coitada! A pobrezinha hoje não tem lugar fixo, anda para lá, vem para cá, passeia pelo jardim e volta para seus aposentos, até...

— Onde está sua senhora? — interrompeu Sufakhotep, impacientemente.

— Está na sala de verão, senhor — respondeu Shith, bastante contrariada.

O homem foi depressa para a sala de verão. Rhadopis estava sentada no divã com as mãos apoiando a cabeça. Quando percebeu que alguém adentrava a sala, levantou-se e deparou com Sufakhotep; deu um salto e perguntou com certo temor:

— Ministro Sufakhotep, onde está meu senhor?

— Virá logo em seguida — respondeu o homem, contido em sua tristeza.

Levou as mãos ao peito e exclamou com fervor:

— Como os temores têm me torturado! Depois que soube das tristes notícias de rebeldia, fiquei incomunicável e entregue às preocupações. Agora diga-me: quando virá o meu senhor?

De pronto, ela lembrou que o rei não costumava mandar

ninguém. Inquietou-se, mas antes que Sufakhotep pronunciasse qualquer palavra, perguntou:

— Quem o mandou vir até aqui?

— Calma, senhora, não estou a mando de ninguém. Agora, ouça, tenho uma triste notícia a lhe dar. Meu senhor está ferido.

Esta última palavra soou em seus ouvidos estranha e sanguinariamente. Assustada, fixou os olhos arregalados no rosto triste do ministro e emitiu suspiros profundos, ardentes e tiritantes. Sufakhotep, o homem cuja tristeza fez perder a sensibilidade, recomendou:

— Tenha calma, senhora, tenha calma. Meu senhor chegará transportado em um palanquim que ele próprio pediu. Foi flechado no peito hoje mesmo, neste dia maldito que começou com festa e terminou com um trágico incidente.

Não quis esperar em sua sala de verão. Correu para o jardim como uma ave que estava sendo abatida. Assim que traspassou o umbral, parou e ficou com os pés cravados no chão, quando viu os escravos vindo com o palanquim em sua direção. Pôs as mãos na cabeça e deu-lhes passagem. Horrorizada com aquela cena, seguiu-os até que deixaram o palanquim no meio da sala, depois saíram seguidos de Sufakhotep e deixaram a sós ela e o Faraó. Imediatamente, Rhadopis ficou ao seu lado, ajoelhada. Cruzou as mãos e começou a apertá-las de nervoso. Seus olhos vagos e perdidos o fitavam com o alento contido, recorrendo seu peito ofegante, flechado e manchado de sangue. Sentiu um calafrio, aliado a uma dor terrível, depois deu um grito.

— Eles acertaram o meu senhor! Que desgraça!

O rei repousava em seu palanquim como se tivesse perdido a consciência, pois o trajeto havia esgotado as poucas forças que lhe restavam. Mas quando ouviu o grito e viu o rosto adorado, sentiu propagar-se um sopro de vida em seu corpo, fazendo aparecer em seus olhos sombrios um leve sorriso. Acostumada a vê-lo agitado e cheio de vida, como uma tempestade, ela quase enlouqueceu ao reencontrá-lo fraco e com mínimas chances de sobreviver. Lançou um olhar inflamado na flecha que causou toda aquela tragédia e perguntou, indignada:

— Por que não removeram a flecha? Chamarei um médico.

O Faraó reuniu suas diminutas forças e retrucou:

— Não tem mais jeito.

— Como não tem, meu amor? Por que está dizendo isso? É assim que pensa na nossa vida?

O rei estendeu lentamente a mão até que tocou a palma fria de Rhadopis e sussurrou:

— Esta é a realidade, Rhadopis. Vim morrer em seus braços, no lugar que eu amei mais do que qualquer outro. Não quero que chore a nossa sorte, mas sim ofereça sinceridade.

— Meu senhor está me anunciando sua própria morte? Que entardecer! Meu amor, eu estava lhe esperando de alma consumida pelo desejo e enganada pela esperança. Esperava que viesse com notícias de vitória, e aí me veio com uma flecha no peito. Diga-me, como posso estar alegre?

O rei engoliu saliva com dificuldade e rogou-lhe com uma voz que parecia um gemido:

— Rhadopis, esqueça essa dor e venha para perto de mim. Eu quero contemplar seus olhos puros. Queria ver o rosto formoso cheio de alegria e felicidade para que sua vida terminasse com essa atraente imagem. Só que ela estava absorvendo algumas dores que nunca ninguém havia experimentado. Seu desejo, naquele momento, era aliviar seu coração abrasado com gritos e lamúrias, ou buscar o remédio na intensa loucura e abraçar o fogo do inferno. Como poderia estar alegre e tranqüila e contemplá-lo com o rosto que ele sempre amou e idolatrou como ninguém? O rei continuou com o olhar suplicante e disse com tristeza:

— Esses olhos não são seus, Rhadopis.

— São sim, meu senhor, mas aqueles que lhes davam luz e vida estão secando — contestou, amargurada.

— Ah, Rhadopis! Peço-lhe que se esqueça de suas dores, agora. Quero ver o rosto de Rhadopis, o meu amor, e ouvir sua doce voz.

Seu pedido penetrou-lhe o coração e a fez ver que ela não podia negar-lhe, naquele momento negro, algo que ele próprio lhe pedia. Então, endureceu-se consigo mesma e mudou de expressão, esboçando um sorriso em seus lábios trêmulos. Depois inclinou-se vagarosamente sobre ele, como costumava fazer quando ele cochilava, enamorado. O rosto empalidecido do rei pareceu satisfeito com isso, e seus lábios se abriram em um sorriso apaziguador.

Se ela tivesse se entregado aos seus sentimentos, estaria delirando como uma louca, mas aceitou fazer a preciosa vontade dele. Não tirava os olhos de seu rosto, nem pensava que dentro em breve esse rosto a deixaria para sempre e não voltaria a vê-lo nesta vida, por mais que ela quisesse sofrer, chorar ou gemer; e que sua imagem, sua vida e seu amor transformariam-se em lembranças de um passado estranho. Seu dilacerado coração não acreditaria que ele foi um dia seu presente e seu futuro. Tudo isso porque uma flecha repousou naquele lugar de seu peito. Como essa insignificante flecha foi capaz de acabar com uma esperança que não cabia no mundo inteiro!? A mulher deu um suspiro tão profundo que deixou seu coração em frangalhos. Enquanto isso, o rei começava a descarregar os restos de uma vida conturbada, que ainda permaneciam dentro de seu coração e se agitavam em seu alento. Suas forças se desmoronavam, e seus membros se debilitavam; seus sentidos morriam, e seus olhos se nublavam, nada mais restando-lhe do que um peito que se agitava violentamente, onde a vida e a morte se debatiam entre a vitória e o desespero.

Subitamente, a expressão de dor apareceu em seu rosto que começava a se contrair, gritar, implorar socorro. Pegou a mão que se estendia para ele com um temor indescritível e, num esforço descomunal, gritou:

— Rhadopis, ajude-me a levantar a cabeça, ajude-me!

Com as mãos trêmulas, ela pegou a cabeça dele e tentou ajudá-lo a sentar, mas ele emitiu um estertor agonizante e deixou a mão cair para o lado. E assim terminou a luta entre a vida e a morte. Imediatamente, Rhadopis colocou a cabeça dele na posição em que estava antes e deu um grito aterrador, porém curto. Ficou muda, como se lhe tivessem cortado suas vias respiratórias. Sua língua endureceu, e suas mandíbulas se contraíram com força. Seus olhos se congelaram no rosto daquele que outrora fora um homem. Seu grito fez propagar a dolorosa notícia. Os três homens entraram rapidamente na sala, sem que ela percebesse, e ficaram em frente ao palanquim. Enquanto Tahu olhava para o rosto do rei com estupefação, uma palidez mortal tingia-lhe as faces. Sufakhotep, cujas lágrimas corriam pelo rosto, aproximou-se do cadáver, inclinou-se com grande veneração e disse com voz rouca, a qual fez suplantar o silêncio que reinava no ambiente:

— Meu senhor e meu dono, filho de meu senhor e meu dono: recomendamos o vosso corpo aos deuses que quiseram que hoje fosse o início de vossa viagem para o mundo da eternidade. Ah, se eu pudesse oferecer a minha velhice perecedoura em troca de vossa juventude! Contudo, a vontade dos deuses não pode ser questionada. Adeus, meu querido senhor.

Em seguida, Sufakhotep pegou um manto e cobriu o cadáver com cuidado. Inclinou-se novamente para o rei morto e voltou para seu lugar a passos lentos.

Rhadopis continuava em sua inércia, sem desviar os olhos do cadáver; imóvel, como se estivesse morta; não se mexeu, nem chorou, nem gritou. Os homens, por sua vez, continuaram em pé e de cabeça baixa, até que um dos escravos que carregavam o palanquim anunciou:

— Sua Majestade, a rainha Nitócris!

Os homens olharam para a porta e viram a rainha chegar, muito triste. Todos a reverenciaram, e ela respondeu-lhes fazendo um sinal com a cabeça. Olhou para o cadáver e depois para Sufakhotep, o qual disse com profundo pesar:

— Acabou-se tudo, minha nobre senhora.

A rainha ficou calada por algum tempo, depois disse:

— Devemos levar o nobre cadáver para o palácio faraônico.

— Esta é a vontade de Sua Majestade, a rainha Nitócris, senhor ministro.

Sua Majestade foi até a porta e fez sinal para os escravos, que de pronto atenderam. Mandou que levantassem o palanquim, mas no momento em que tentaram erguê-lo, Rhadopis voltou a si, assustada, pois não tinha noção do que estava acontecendo ao seu redor, e perguntou em tom rouco e estranho:

— Aonde?... Aonde? — E se jogou sobre o palanquim.

Sufakhotep aproximou-se dela e disse:

— O palácio quer cumprir com suas obrigações em relação ao sagrado cadáver.

— Não o tirem de mim... esperem... quero morrer sobre seu peito! — disse a mulher inconformada.

Ao ouvir estas palavras, a rainha, que olhava Rhadopis por cima, contestou com aspereza:

— O peito do rei não foi criado para ser ataúde de ninguém!

Sufakhotep se agachou e pegou o pulso de Rhadopis com delicadeza. Quando os escravos levaram o palanquim, Rhadopis se soltou das mãos de Sufakhotep e girou violentamente a cabeça. Parecia não conhecer nenhum dos que estavam ali. Em seguida, gritou com voz entrecortada, como que soluçando:

— Por que o estão levando? Este é o seu palácio, e aqui estão os seus aposentos. Como ousam me torturar diante dele? Meu senhor não estaria de acordo com quem me maltrata! Impiedosos! Cruéis!

A rainha não lhe deu importância. Pegou o caminho do jardim, e os escravos a seguiram carregando o palanquim. Os homens saíram da sala silenciosa e respeitosamente. Rhadopis estava no limite da loucura. Ficou parada por alguns instantes, e, quando resolveu correr atrás deles, uma mão grossa a deteve. Tentou se soltar, mas não conseguiu. Quando olhou para trás, viu-se cara a cara com Tahu.

O FIM DE TAHU

Olhou para ele com estranheza, como se não o conhecesse. Tentou se soltar outra vez, mas ele não a deixou. Enfurecida, disse-lhe:

— Solte-me! Quero ir atrás deles!

Tahu balançou lentamente a cabeça, como que dizendo-lhe: "Nada disso." Seu rosto estava com aparência assustadora, e seu olhar era de um louco. Balbuciou dizendo:

— Eles estão indo para um lugar onde você não pode dar as caras.

— Deixe-me ir. Eles tiraram meu senhor de mim.

O rosto de Tahu se ensombreceu. Franziu as sobrancelhas e disse em tom imperativo, como se estivesse dando uma ordem militar:

— Não desacate a autoridade da rainha governante!

Ao ouvir estas palavras, ela se aquietou por medo. Parou de se debater e franziu as sobrancelhas, movendo a cabeça, confusa e resignada; querendo reprimir seu estado de dispersão. Em seguida, lançou-lhe um olhar de reprovação e disse:

— Não vê que eles mataram o meu senhor? Mataram o rei!

A expressão "mataram o rei" soou estranha e terrivelmente mal nos ouvidos de Tahu, que tranqüilizou seu ímpeto e disse em tom ameno:

— Sim, Rhadopis, mataram o rei. Nunca pensei que uma flecha pudesse acabar com a vida do Faraó.

— E por que permitiu que tirassem o meu senhor de mim? — perguntou com certa ingenuidade.

Tahu soltou uma gargalhada aterradora e contestou:

— Quer ir atrás dele? Que louca você é, Rhadopis! Não atina para as conseqüências, e está completamente cega, cega pela tristeza. Acorde, sedutora, pois aquela que senta no trono do Egito agora é uma mulher cujo tormento se deve única e exclusivamente a você, que lhe tirou o esposo, que a rebaixou do topo da glória e da felicidade aos mais desprezíveis recantos da angústia e do esquecimento. Pode ter certeza de que ela mandará alguém buscar você, para levá-la acorrentada e depois entregá-la aos verdugos que não conhecem a piedade, pois cortarão seus cabelos de seda, arrancarão seus olhos negros, cortarão seu delicado nariz, bem como suas finas orelhas. Depois de tudo isso, a colocarão num carro, como um repugnante pedaço de deformação, para expô-la aos olhos de seus inimigos. À sua frente irá um pregoeiro anunciando: "Olhem só para a meretriz nefasta, a que destruiu o rei e que fez o povo se voltar contra ele."

Tahu se expressava em um tom cheio de rancor, e seus olhos brilhavam de forma assustadora. Quanto a Rhadopis, sequer deu importância a suas palavras. Era como se alguma coisa estivesse se interpondo entre ela e os seus sentimentos. Deu de ombros com indiferença e sussurrou algo com estranhíssima calma. Sua frieza fez perder a paciência de Tahu, cujo rancor se propagou por suas mãos, e acabou agarrando-a pelos dois braços. Sentiu vontade de dar-lhe um soco na cara, para destroçá-la por completo. Com isso se deleitaria, com sua desfiguração e com o sangue saindo pelos poros.

Enquanto olhava o semblante sereno e absorto de Rhadopis, dialogava internamente com seus desejos satânicos. Rhadopis levantou os olhos para ele sem nenhum sentido de vida. Ficou nervoso, e sentiu como se tivesse sido pego em flagrante, cometendo um crime. Seus dedos começaram a afrouxar. Em seguida, suspirou profunda e pesadamente, dizendo:

— Vejo que não ficou nem um pouco preocupada com o que falei até agora.

Ela continuou absorta, sem dar-se conta do que ele dizia. Mas de repente balbuciou, dizendo a si mesma:

— Tínhamos que tê-los seguido.

Tahu contestou, indignado:

— Não... não! A partir de hoje, ninguém se importará conosco, nem faremos falta a ninguém.

— Ela o tirou de mim! Ela o tirou de mim! — exclamou em tom baixo.

Tahu percebeu que ela se referia à rainha e contestou com ironia:

— É que você se apoderou dele quando estava vivo, e ela o recuperou morto.

— Estúpido! Ignorante! Não sabe que... a traidora o matou para tê-lo de volta? — exclamou Rhadopis, enfurecida.

— Quem é a traidora?

— A rainha! Foi ela que revelou o nosso segredo e incitou a revolta do povo! Foi ela que matou o meu senhor!

Ele a ouvia em silêncio, mas com ironia e satanismo. Quando ela terminou, ele soltou sua assustadora gargalhada e disse:

— Está completamente equivocada, Rhadopis. A rainha não é nem traidora nem assassina.

Aproximou-se dela e disse em tom aterrador:

— Quer saber quem é o traidor? Ele está aqui na sua frente! Eu sou o traidor, Rhadopis! O comandante Tahu é o único traidor!

Suas palavras não lhe causaram o impacto que ele esperava. Rhadopis continuou na mesma, sem dar-lhe atenção, ainda que movesse levemente a cabeça, como se quisesse afastar a apatia e o cansaço. Ele, então, se irritou. Pegou-a pelos ombros e sacudiu-a com brutalidade, gritando:

— Acorde, Rhadopis! Você não entendeu o que eu disse? Eu sou o traidor, Tahu é o traidor! Eu sou a origem de todas essas tragédias!

Seu corpo estremeceu tão violentamente que conseguiu soltar-se de suas mãos, dando alguns passos para trás. Parecia ter despertado de um longo pesadelo e começava a olhar para ele com pavor e constrangimento. Sua reação fez acalmar o ímpeto colérico de Tahu, que sentiu o corpo abater-se e a vista nublar-se. Depois disse com tristeza, porém em tom sereno:

— Estou proferindo estas palavras com toda franqueza e posso dizer com absoluta certeza que não pertenço a este mundo, pois os laços que me uniam a ele foram rompidos. Tenho plena consciência de que a minha confissão causou-lhe um grande susto, mas é a pura realidade, Rhadopis. Meu coração foi destruído por forças abomináveis. A dor dilacerou minha alma naquela noite demoníaca em que perdi você para sempre.

O comandante parou para tomar um alento, depois prosseguiu:

— Absorvi a dor e procurei recomendar a mim mesmo força e paciência, convencido de que cumpriria com o meu dever até o final, até o dia em que me chamou para se assegurar de minha fidelidade. Naquele dia eu fiquei louco, o sangue fervilhou em minhas veias e entrei em delírio. A loucura me conduziu ao inimigo espião, ao qual contei o nosso segredo. Foi assim que o fiel comandante se transformou em um traidor que apunhala pelas costas.

A dor, a vergonha e as lembranças o apoquentaram sobremaneira, até que lançou-lhe um olhar agressivo, voltou a sentir raiva, depois exclamou:

— Oh, mulher destruidora! Sua beleza foi uma maldição para todos que a contemplaram, atormentou corações inocentes, desestabilizou um trono sólido, abalou um palácio próspero, revoltou um povo tranqüilo e adulterou um nobre coração. É uma maldição, uma desgraça total.

Tahu se calou por um momento, mas a raiva seguia fervendo em seu sangue. Viu-a como uma imagem da tortura e do pavor. Não obstante, sentiu tranqüilidade e deleitamento e disse-lhe, balbuciando:

— Experimente o sofrimento e o desprezo e aguarde a morte, porque nenhum de nós merece viver. Eu já estou morto há muito tempo, e de mim só restou um uniforme adornado e glorificado. Agora, quanto àquele Tahu que participou das conquistas das terras da Núbia e conseguiu o reconhecimento por parte de Pepi II; Tahu, o chefe da guarda de Mernerá II, seu amigo fiel e conselheiro, já não existe mais.

O homem lançou um olhar furtivo ao seu redor, e em seu semblante apareceram o horror e a angústia. Não pôde agüentar mais aquele silêncio absoluto; nem ver Rhadopis transformada em uma estátua. Bufou com repúdio e indignação e disse:

— Tudo há de terminar, mas não me privarei do justo castigo. Irei ao palácio, convocarei todos aqueles que me depositam confiança e anunciarei meu crime para todo mundo. Desmascararei o traidor que apunhalou seu senhor, estando ele à sua esquerda. Arrancarei as condecorações que adornam o meu peito pecador; jogarei a espada e apunhalarei meu próprio coração com este punhal. Adeus, Rhadopis! Adeus à vida que nos cobra mais do que se merece.

Tahu proferiu estas palavras e saiu logo em seguida.

EPÍLOGO

Assim que Tahu saiu do palácio, a embarcação que trazia Benamon Ben Bassar atracou junto às escadarias do jardim. O jovem escultor estava completamente esgotado, pálido e com os nervos abalados por tudo que viu de agitação na cidade, como a revolta do povo e a rebelião generalizada. Na ida, teve grandes dificuldades de chegar a sua casa, mas, no caminho de volta, encontrou facilidades que lhe compensaram os transtornos da ida. Respirou aliviado quando se viu andando pelas veredas do jardim do palácio branco de Bija, estando a sala de verão a uma pequena distância. Quando chegou ao seu destino, atravessou o umbral da sala, achando que a mesma estivesse vazia, mas se enganou, porque viu Rhadopis sentada num divã, relaxando os ânimos debaixo do seu formoso busto. Shith estava a seus pés estranhamente quieta. Vacilou um pouco, mas a criada notou a sua chegada, e Rhadopis apenas olhou. Shith se inclinou para ele e se retirou logo em seguida. O jovem foi se aproximando da mulher com muita alegria e, quando a viu naquele estado, perdeu a respiração e ficou triste e desolado. Não teve dúvidas de que as dolorosas notícias haviam chegado aos ouvidos de sua adorada e se refletiam em seu rosto formoso, cobrindo-o com um pesado manto de melancolia. Ajoelhou-se diante dela, inclinou-se sobre a borda de seu vestido e a beijou com carinho. Depois lançou um olhar piedoso como que dizendo: "Darei a própria vida para trazer de volta sua alegria." Ele percebeu a satisfação em seu rosto no momento em que dirigiu o olhar para ela. Com isso, seu coração palpitou de felicidade, e seu rosto se ruborizou. Rhadopis disse em voz baixa:

— Você demorou muito, Benamon.

— É que tive de abrir caminho para passar no meio daquela gente revoltada, pois a cidade de Abu, hoje, ferve e solta chispas incendiárias que enchem o ambiente de fogo.

Benamon meteu a mão no bolso e tirou um pequeno frasco. Ela pegou o frasco e, quando apertou com a mão, sentiu seu frescor propagar-se por todo o corpo, terminando no coração.

— Vejo que está suportando além do que pode — disse Benamon.

— As tristezas se contagiam — respondeu Rhadopis.

— Deve tomar cuidado. Não pode se entregar às tristezas. O bom para minha senhora seria fazer uma viagem a Âmbus até que as coisas se acalmem por aqui.

Ela o ouvia com muita atenção, mas com olhar estranho como se ele fosse o último mortal que via em sua vida. A idéia da morte apoderou-se dela de tal maneira que se achava estranha neste mundo. Seus sentimentos se estrangularam, pois não mostrou nenhuma compaixão para o jovem que estava ajoelhado a seus pés, perdido no mundo das esperanças com olhos fechados para o destino que ele idealizou. Achou que ela estava pensando em sua proposta, e isso incitou esperança em seu coração. Então ele disse:

— Senhora, Âmbus é a terra da tranqüilidade e da beleza. Os olhos não vêem nada mais do que um céu límpido, pássaros cantando, patos nadando e um verdor exuberante. Sua atmosfera resplandecente e feliz apagará as dores que a rebelde cidade de Abu depositou em sua doce alma.

Rhadopis se cansou do discurso do jovem e centrou toda sua atenção no frasco do veneno. Pensou com ardor em seu fim. Por um momento, seus olhos buscaram o lugar onde estava o palanquim, pois seu coração lhe dizia que ali seria o lugar apropriado para dar fim à sua vida. Resolveu dispensar Benamon, dizendo-lhe:

— O que está me propondo é muito bonito, Benamon. Deixe-me pensar nisso sozinha, está bem?

O rapaz ficou com o rosto brilhando de alegria e esperança e perguntou-lhe:

— Minha espera será longa?

— Não, não será longa, Benamon.

O jovem beijou-lhe a mão, pôs-se de pé e saiu da sala.

Shith entrou em seguida. Rhadopis estava se levantando, mas quando viu a criada, de pronto disse-lhe, como que querendo livrar-se dela também:

— Traga-me uma jarra de cerveja.

A criada saiu depressa para buscar a jarra de cerveja. Enquanto isso, Benamon, que estava na beira da alberca, sentado num banco, sentia-se muito feliz, já que tinha esperanças de levar sua adorada para Âmbus e ficar longe das desgraças que assolaram a cidade de Abu. Desta feita, ela será sua, pois era o que ele mais queria nesse mundo.

Não conseguiu ficar sentado por muito tempo. Levantou-se e começou a andar vagarosamente em volta da alberca.

Mal deu a primeira volta, viu Shith com uma jarra dirigindo-se apressadamente para a sala de verão. Acompanhou-a com os olhos até que desapareceu porta adentro. Quis voltar ao seu assento, mas não o fez, pois naquele momento ouviu um grito aterrador dentro da sala. Assustado, correu até a porta e dali viu Rhadopis estirada no meio do salão; e a criada, de joelhos, chamando-a, tocando-lhe as faces e as mãos para reanimá-la. Benamon adentrou a sala, apavorado, com pernas trêmulas e olhos arregalados. Pôs-se de joelhos junto à criada, e pegou a mão gelada de Rhadopis, que estava com o rosto pálido, mesclado com um tom azul. Seus lábios estavam rachados, e as madeixas de seus negros cabelos espalhadas no peito e nos ombros, algumas sobre a almofada. O jovem sentiu falta de ar e secura na garganta. Perguntou à criada com voz rouca:

— O que há com ela, afinal? Por que não reage?

— Não sei, senhor. Eu a encontrei assim quando entrei na sala. Chamei, chamei, mas ela não reagiu. Ai, senhor! Por que ela está assim?

Inconformado, Benamon não disse nada e se limitou a observar aquele corpo estirado no chão, tentando de alguma forma descobrir algo que pudesse desvendar todo aquele mistério e acabou encontrando o maldito frasco de veneno, destampado debaixo do cotovelo direito. Emitiu um violento estertor e recolheu o frasco com os dedos trêmulos. Tinha só um restinho de veneno no fundo. Olhou para o frasco e depois para o rosto da mulher e compreendeu a dura realidade. Sentiu um tremor dilacerar-lhe as entranhas. Deu um gemido tão doloroso que chamou a atenção da criada e exclamou com pavor:

— Que horror! Que desgraça!

A criada perguntou assustada:

— O que houve? Por que esse espanto? Fale, eu já estou ficando louca!

Ele, no entanto, não lhe respondeu nada, mas disse a Rhadopis, como se ela o estivesse escutando:

— Por que cometeu o suicídio, senhora, por quê?

Shith começou a gritar e a bater no peito:

— O que está dizendo? Como sabe que ela suicidou-se?

Benamon jogou o frasco na parede com tanta violência que o espatifou em pedaços. Tornou a perguntar a Rhadopis com assombro e aflição:

— Por que quis se matar com esse veneno? Não tinha me prometido que iria pensar com carinho sobre a nossa viagem para Âmbus, longe das tristezas do sul? Estava me enganando para se matar, não é?

A criada olhou para os cacos do vidro e perguntou, incrédula:

— Como minha senhora conseguiu esse veneno?

Benamon encolheu os ombros, arrependido, e respondeu:

— Eu mesmo trouxe esse frasco de veneno.

— Mas como foi isso, desgraçado? — replicou a criada com raiva.

— Foi ela que me pediu para trazer esse veneno. Eu não sabia que ela ia se matar. No entanto, fez o que fez, e eu me sinto enganado.

Desesperada, Shith se afastou dele e começou a chorar copiosamente. Ajoelhou-se aos pés de sua senhora e os beijou até que suas lágrimas acabaram por lavá-los. Benamon ficou estupefato e também caiu em prantos. Seus olhos se fixavam no rosto de Rhadopis, que repousava para a eternidade. Perguntava-se em sua perplexidade: como uma beleza incomparável como esta poderia ser mortal? Como essa vitalidade exuberante poderia estar imobilizada com essa palidez da morte, produzida pelos elementos destruidores? Desejava que ela voltasse à vida ainda que fosse por um breve momento, para vê-la sorrir, mostrar seus pequeninos dentes, para fazer florescer em seu rosto majestoso o sorriso da felicidade, e em seus olhos aparecer o amor e a doçura. Logo depois morreria, pois esse teria sido seu último vínculo com a vida.

Os prantos de Shith começavam a incomodá-lo e teve que repreendê-la. Apontou para o coração e disse-lhe:

— Já basta! Aqui dentro há uma tristeza maior do que o choro e as lágrimas.

Na alma da criada ainda latejava um fio de esperança. Olhou para Benamon por entre as lágrimas e disse:

— Existe alguma esperança, senhor? Talvez ela tenha tido um desmaio profundo.

Ele respondeu com tristeza:

— Não há nenhuma esperança. Rhadopis morreu, o amor morreu, e as esperanças desvaneceram-se. Quantas vezes fui enganado pelos sonhos e fantasias! Agora tudo está acabado. Essa morte terrível me despertou do meu estado de torpor.

Os últimos raios do sol romperam-se. Sua superfície vermelha submergia-se em uma fonte turva, e a escuridão começava a invadir o universo vestida de luto. Apesar da tristeza, Shith não se esqueceu de suas obrigações para com o cadáver de sua senhora. Sabia muito bem que não poderia dar-lhe tudo o que merecia na ilha de Bija, cercada de inimigos que estavam ali para vingar-se dela. Confessou seus temores a Benamon — o jovem triste, cuja alma se consumia junto a ela —, e pediu-lhe que levasse o cadáver para Âmbus e o entregasse aos mumificadores, para depois enterrá-la no cemitério da família Bassar. O jovem concordou com todos os argumentos de Shith, que chamou algumas criadas e pediu-lhes para que trouxessem um palanquim. Depois colocaram o cadáver nele e levaram para a embarcação verde, zarpando logo em seguida rumo ao norte.

O jovem sentou à cabeceira do cadáver, ao lado de Shith. Na câmara reinava um silêncio profundo naquela noite fúnebre, enquanto a embarcação deslizava nas águas ruidosas para o norte. Benamon divagava em mares de sonhos. Sua vida passava diante de seus olhos em imagens sucessivas, mostrando os sonhos e as esperanças, as dores e os desejos que o atormentavam e tudo que ele imaginou em termos de felicidade, tranqüilidade e de bem viver. Suspirou do fundo de seu triste coração e fixou os olhos no cadáver que enredou seus sonhos e suas esperanças, dispersou e acabou por destruir suas fantasias, como os sonhos se desvanecem ao despertar.

Este livro foi composto na tipologia Egyptian505 Lt BT,
em corpo 11/16, e impresso em papel off-white 80g/m²,
no Sistema Cameron da Divisão Gráfica
da Distribuidora Record.

Seja um Leitor Preferencial Record
e receba informações sobre nossos lançamentos.
Escreva para
RP Record
Caixa Postal 23.052
Rio de Janeiro, RJ – CEP 20922-970
dando seu nome e endereço
e tenha acesso a nossas ofertas especiais.

Válido somente no Brasil.

Ou visite a nossa *home page*:
http://www.record.com.br